对雪

石汉平／著

SPM
南方出版传媒
广东人民出版社
·广州·

图书在版编目（CIP）数据

对雪 / 石汉平著. —广州：广东人民出版社，2019.3
（2023.1重印）
ISBN 978-7-218-13157-3

Ⅰ. ①对… Ⅱ. ①石… Ⅲ. ①随笔—作品集—中国—当代
Ⅳ. ①I267.1

中国版本图书馆CIP数据核字（2018）第197375号

DUIXUE
对 雪

石汉平 著

出 版 人：肖风华

责任编辑：梁 茵 廖志芬
封面设计：张绮华
责任技编：吴彦斌 周星奎

出版发行：广东人民出版社
地 址：广州市大沙头四马路10号（邮政编码：510199）
电 话：（020）85716809（总编室）
传 真：（020）83289585
网 址：http: // www.gdpph.com
印 刷：三河市同力彩印有限公司
开 本：889mm × 1194mm 1/32
印 张：7.75 字 数：130千
版 次：2019年3月第1版
印 次：2023年1月第2次印刷
定 价：58.00元

如发现印装质量问题，影响阅读，请与出版社（020-85716808）联系调换。
售书热线：（020）87716172

石汉平　摄

目录

故乡是什么

5月8日上午，子健发来微信邀请我以“故乡是什么”为题，为他的散文集《故园之恋》写一个序言，我感到非常为难，原因有两个：一、水平不够格。子健是新闻工作者，有数百万字的文字作品，而我是一个外科医生，为他的作品写序，是真正的班门弄斧。二、时间不够用。自己的工作实在是太多了，医疗、学术、学会、杂志占满了我所有的时间，把我变成了没有时间读书、没有时间思考、没有时间写作的可怜人。但是，我又答应了子健的邀请，原因也有两个：一、子健与我一样是游子、一样的赤诚，对故乡都有着无限的眷恋，我俩情同手足，盛情难却；二、尽管自己写过不少故乡的事情，但是一直没有思考，故乡是什么？趁这个机会整理一下思绪，也是好事。

于是我在想，故乡是什么？我认为故乡就是童年的记忆。所有游子的故乡都有共同的地方，每一位游子的故乡又有不同的地方。子健的故乡是袅袅炊烟、泥泞小路、踏雪而歌、篱笆小院……我的故乡是什么呢？童年记忆里面的生活、劳动、亲情与梦想是什么？

首先，我的故乡是细工、裁缝与弹棉花。细工是绣花、纳鞋、缝衣、补裳等相对于耕田种地等粗活而言的劳动，是故乡女人们的必备技能，是故乡女孩子出嫁前的必修课。细工做得好是家教好的一个标志，是一个值得炫耀的优点，比长得好看更加重要。实际生活中的确如此，有一个细工好的家庭主妇是一家人的幸福。细工是女人们人人都会的，但是做衣服与弹棉花则要请专门的师傅。每年入冬前、春节前的一段时间分别是打棉絮、做衣裳的时候，是弹棉花师傅及裁缝最忙碌的时候。在故乡，衣服是裁缝做的、棉絮是弹工铺的，而不是买的。记忆中，我穿的第一件商品成衣是高中时期父母亲给我买的短大衣，家乡叫披风、避风。

其次，我的故乡是红薯、蚕豆与玉芦糊。故乡地处鄂东南山区，地多田少，粮食有红薯、水稻、小麦、蚕豆、玉芦（故乡称玉米为玉芦）。其中，红薯产量最高，好的年成可以收获几十石数千斤红薯。故乡每家每户都有存放红薯的地窖，叫薯窖，挖在山上，深约10余尺，外口小、里面大，形状如葫芦，上面盖一个茅草棚。每周一次去薯窖把红薯取出来，一般是一石，这便是一周的粮食。红薯、蚕豆与玉芦是我记忆中的主要粮食，我从小不喜欢这些，因为吃完后总是反胃、胀气、吐酸水。米饭是一种奢侈品，记忆里面只有春节才能吃得上全米饭，平日里的米饭总是加有蚕豆、红薯或南瓜，而且总是大米少、杂粮多，即使是这样的米饭，每天也只有一顿。

第三，我的故乡是媒床、茅司与洗澡盆。床在故乡叫媒床，真是一个好名字，这张床是爱情故事、是休养生息、是人类繁衍的媒介。青年人结婚时，媒床是必不可少的家具，故乡的媒床有一个底座（即床体）、四根柱子、一个踏脚磴，讲究一点的媒床还有牌匾，更加讲究的有两重牌匾。木匠做好后，还要请漆匠加工，上漆、画图。一张好床可以睡几代人。故乡叫厕所为茅司（“司”可能是“厕”，“厕”古读音为si），一间独立于住房以外的小房子，在地下挖一个粪坑，上面盖上木板，留一个空隙，就是解手（故乡俗称“打诨”）的地方。住房里面是没有厕所的，为了方便晚上解手，家里备有尿罐。故乡的洗澡盆又叫脚盆，与其他地方的椭圆形不一样，是圆形的，形同脸盆，一般为木制，只是更大，可以坐下一个成年人。洗澡有大、细（小）之分，洗大澡指清洗全身，洗细澡指清洗屁股（会阴部及臀部）。此外还有揩澡，即以湿毛巾擦身。父老乡亲非常讲干净，即使是冬天，也是每周一大洗、每天一细洗或揩澡，洗澡盆甚至也是嫁妆之一。

第四，我的故乡是家猪、家鸡与看家狗。在故乡，家禽、家畜是家庭的组成部分或成员，所以亲切地称呼它们为家“某”，同时也是为了区别野猪、野鸡、洋猪、洋鸡。家乡的花猪、土鸡虽然个头较小、生长较慢，但是味道要鲜美得多，所以，外来的黑猪、白猪及洋鸡在故乡没有市场。家猪是圈养的，它们吃的几乎全部是猪草，没有饲料，每年每家养一头猪就不错了。家鸡有多种作用，报时、下蛋及作为食物。天亮时，群鸡自己出门，天黑时，自己入笼。作为食物，吃鸡是一件非常奢侈的事情，只有极其尊贵的客人或重要节日才会杀鸡。故乡的狗是看家的，不仅仅保护家庭，防止小偷，还保护主人，防止坏人；而且还是鸡的守护神，防止黄鼠狼。故乡房子的大门旁边都有一个圆洞，那是大门关闭时家狗进出的地方。家猪、家鸡可以用“养”字，因为要给它们喂食。但是，家狗不能用“养”字，因为家狗主要靠吃小孩的大便以及自己觅食。在故乡所有的家禽、家畜中，我特别心痛故乡的狗。

第五，我的故乡是柴刀、锄头与竹篮子。柴刀、锄头与竹篮子是故乡父老乡亲最常用的劳动工具。每天天刚放亮，腰别一把刀、肩扛一把锄、手提一只篮的男男女女们开始了一天的忙碌，那是故乡的一道美丽风景线，日复一日、年复一年、代复一代，永未褪色，至今如此。男人的一生与柴刀、锄头为伍，女人的一生与竹篮子为伴。进山砍柴、上地耕作、下水清洗是故乡亲人一生劳作的写照。故乡的女人远比男人辛苦，除了种地，女人还要负责全家的各种清洗，包括衣服、蔬菜、食物及杂物等，竹篮子便是最重要的盛器。每天早晨，河边便是女人的天下，洗衣服的、洗蔬菜的……女人们一边干活，一边嬉笑，交流各种各样的趣闻轶事。男人去河里挑水有时还要说笑话讨好女人，求她们让一个位置装水。

第六，我的故乡是崽种、老表与同年爷。崽种是故乡最亲的称呼，只有做了极好的事情后，才会获得长辈这样的爱称。与故乡称儿子为崽不同，崽种不局限于男性、也不局限于儿辈，对所有晚辈都可以这样称呼。每次被叫崽种时，我都有一种难以言表的欣快。故乡全村都姓石，都是兰桥公之后，由于繁衍速度不同，全村的辈分相差6～7代，所以有“摇窝的叔，白胡的孙”一说（摇窝即婴儿的小摇床）。由于故乡的通婚半径很小，经过几代人的繁衍，七村八庄都成了亲戚，老表是一个人群最多的亲戚群。除了血缘亲戚外，“同年”也是一门亲戚，故乡有结交同年的习俗，叫“打同年”，相当于拜兄弟。我自己有一个同年，我们两人同年同月同日生。我的父亲母亲都有几个同年，我分别叫同年爷、同年娘。这种亲情关系一方面保证了家庭的稳定，另一方面预防了失足与不轨，还养成了质朴、真诚的性格与民风。

第七，我的故乡是读书、进城与农转非。故乡祖祖辈辈安贫乐道，几乎没有一个人外出谋生，青年人的内心是平静的，老人、孩子、山林、田地便是他们的全部世界，没有更大的“野心”或“抱负”。自从有了农村户口与城市户口的区别后，自从知道了外面的世界后，故乡的青年人便不再甘于山林、乐于田地了，而是想方设法往外面走、往城里走，梦想着有朝一日能够住城市、当干部、吃商品粮。可惜当时故乡青年的出路非常少，好在故乡传统上非常重视读书，有文化的青年人有可能得到重用，所以多数家长会送孩子读书，读书改变命运是不变的信条。对故乡青年人而言，当时的公社就是大城市，公社干部就是大官，所以，故乡青年外出谋生的第一站多数是当时的公社，实现理想的第一步多数是农转非。如果有人一步从乡下跳到了区里、甚至县里，一步由农村户口变成了城市户口，这个人立即就会成为故乡的传说、被崇拜的偶像。

自己童年的这些记忆写在纸上看起来似乎很不幸，实际上并非如此。当时大家的情况相差不大，童年伙伴多数如此，不知道幸福是什么样子，也不知道痛苦是什么样子。如果当年有人问我什么是幸福？我想答案一定是可以天天吃白米饭、天天吃腊肉。这是我童年唯一没有被满足的欲望和没有实现的梦想。

子健比我小一个年代，而且我们两人出生地远在南北两方，生活背景不同，人生轨迹不同，对“故乡是什么”可能有不同的回答。但是，我们对故乡的眷恋、对故乡的热爱、对故乡的赤诚、对故乡的情怀是一样的，否则我们就不可能有汶川映秀地震现场的相遇，就不可能有广州白天鹅宾馆的相聚，就不可能有家庭圣诞晚会的表演，就不可能有十年的“从来不需要想起，永远也不会忘记”。

2018年6月6日

■ 后记

本文开始于5月20日难得休息的一个星期天，写成于6月3日从北京飞往底特律的DL188航班上，6月5—6日修改于Holiday Inn Express & Suites Detroit Downtown的1204房间，6月9—11日再次修改于 Boston Park Plaza的5096房间。在异国他乡写故乡，与在北京或故乡写故乡时的感觉有明显不同，思念更浓。

回家

不知道为什么，今年特别想家。早就计划今年春节要提前回家，爸爸妈妈也每天三四个电话问我何时回家，但是我一直未能确定具体时间。在排定春节前的最后一台手术是2月9号后，我托朋友购买了2月10号的G403次高铁，回家!

2月9号晚上，收拾完行李，定好10号早晨6点的闹钟，洗漱完毕后，自己破天荒地10点上床睡觉了。或许是上床太早了，或许是激动，自己在床上辗转反侧，久久不能入睡并不断醒来，12点醒来一次、凌晨1点醒来一次、3点醒来一次、5点醒来一次，每次醒来后都要开手机看时间，怕手机闹钟不响、怕睡过了头。5点醒来后，在电脑上工作了一会儿，不到6点就提早出发去了北京西站，担心路上有什么意外，担心各种各样的事情影响行程。实际上，从我的住所到北京西站步行只需10分钟，到达北京西站时刚刚6点，离开车时间还有两个小时。翻开随身携带的《2016中国年度短篇小说》，希望缓解焦躁的情绪，但是无法安心阅读，只能在候车室闭目等候，不时睁眼看看墙壁上的时钟，时针走得真慢。

7点35分，开始检票进站，自己急急忙忙往前赶，终于踏上了回家的征途。坐上自己的座位后，才长长地松了一口气，心情与前明显不同，安定了许多。可能是司机看出了我们的归心似箭，7点58分，高铁比既定发车时间提前2分钟驶出北京西站。4小时17分钟的行程本不算久，但是自己觉得特别的长。上车后即要了一杯咖啡，开始校对《肿瘤营养石汉平2018观点》一书的清样。如果没有事情做，我真不知道如何熬过这4个小时的时光，或许会以两片安定把自己放倒。

下高铁后，我冲到了下车旅客的最前头，想立即上汽车回家。由于沟通不畅，我与司机分别在武汉高铁站东、西广场等候对方，12点50分才终于坐上了回家的汽车。打开高德地图查询路线，需要两小时10分钟。自己按捺不住内心的激动，向司机问这问那，要求司机找最快、最短的路线。然后戴上耳机，打开“my Tuner”（中国FM电台收音机APP）收听ABC 新闻，用英语听力消磨时光。司机是一位年轻小伙子，车开得既快又好，14点42分，提前到家。父亲、母亲、大妹妹、二妹妹及二妹夫早已经在家门口等候，放下行李，随即给朋友发去微信：“到家了，真好。”“回家的路再远也近，回家的路再难也顺。世界上到处是坎坷、是崎岖，只有回家的路是坦途。”

千好万好，家里最好。家里几乎是一个与世隔绝的世界，这里没有工作要操心、没有会议要开、没有文件要学、没有闹钟叫醒，没有任何自己不愿做但必须做的事情，连手机也几乎可以不要。我的心异常地安定，我的身异常地放松，除外远方的亲人、朋友以及没有出院的患者，自己几乎忘掉了所有的一切。回家前，我就对同学、朋友说“我不参加任何应酬及聚会，只想在家里待着，陪伴父亲母亲，静下心来看看书、写写文章，好好休息一下”。回到家里自己随即写下了9件要办的事情，包括本文《回家》及国家自然科学基金标书，于是就大门

银柳迎春

不出、二门不迈，独居二楼，看书、喝茶、写标书、写文章。整个回家期间除外3个小型聚会，其他时间都是与父亲母亲一起吃饭；除外3次上街购物（买花、买衣服、买年货），其他时间都是待在家里。每天睡到自然醒，中午小憩，晚上想睡就睡，饭后陪父母亲聊聊家常，偶尔听听音乐，陪亲人打打扑克，其余时间工作。父亲、母亲、哥哥、妹妹每天变着法子给我做各种各样的美食。

我陶醉于这样的生活之中，珍惜和家人在一起的每一分每一秒，珍惜我这最快乐的时光，它将成为我最美好的回忆。只可惜，在家的时间太短太短；只可恨，在家的时光过得太快太快。尽管本次是自己成家后回家陪父亲母亲最长的一次，然而9天的时间恍惚只有9秒。返京的时间到了，自己第一次产生了不想外出工作的念头，只想在家里陪伴父亲母亲，这样的念头是从未有过的。以前的回家像充电，离家时像打了鸡血似的，浑身上下充满了能量；本次回家更像放电，离家时全身软弱无力，连走出家门、对亲人说“再见”的力气都没有了。

不知道为什么今年特别恋家，或许是生理的变化，或许是年龄的增长，或许是工作的压力，或许是漂泊的疲劳。尽管原因可能是

春节期间我添置的花草，母亲特别喜欢，对他们照顾备至，一如她的儿女

多方面的，但是主要原因可能是两个：买房安家与父母年迈。

父母亲随弟弟移居县城10多年了，老家的房屋年久失修，早已成了危房，他们一直有一个心愿，希望在老家盖房、回老家生活。考虑到医疗、生活、照顾、安全与交通等种种因素，我们兄弟3人一直未能如父母亲所愿在老家盖房，想在县城给父母亲买房，也多年没有行动。2016年自己终于下决心给父母亲买房，并如愿购到一处理想的居所。父母亲怕我花钱，叫我别买并说“买了也不会去住”。当年农历腊月初十（2017年1月7日），我们乔迁新居时，父母亲高兴得合不拢嘴。自此，我的心也被家牵住了，一有空就想回家。以前，我一家人回通山时只能住宾馆，虽然弟弟妹妹都非常有亲情，但是总有客居的漂浮感觉。现在则完全不同，回到家里，顿时整个身心变得安定下来。到如今，我才真正理解“安居”的真实含义。来北京整整两年了，一直没有找到家的感觉，是真正的“北漂”一族，北京对于我来说，只是“工厂”而已。从自己购房后的心理变化，我想到“安居”对老百姓来说有多重要。有了房，心便定了；租房永远不能给人带来安定感和安全感。从这个意义上说，政府应该鼓励百姓购房置业，中国应该鼓励海外华人回来安家。

花草为我美丽而温馨的家增添了不少色彩

承蒙老天保佑、祖先覆荫，父亲母亲身体仍然健康。但是他们毕竟已经年迈了，随着他们年龄越来越大，我的担心、着急，有时甚至是恐惧也越来越多，所以，总是希望尽量多回家陪伴他们。父母亲在，我们才有家，心里才能踏实，灵魂才可安放；父母亲不在了，家就没了，回家的路就断了，心就空了，魂就飘了。由此，我一方面要全力照顾好父亲母亲，保住我的家，让我有家可归；另一方面，我也要努力工作、锻炼身体，为我的孩子们留住一个家。此时此刻，才真正理解“家有一老，胜过一宝”。有“爸爸”“妈妈”可以叫，该是儿女多大的幸福。有父亲母亲叫我一声“崽”，叫我一声“汉”，该是我多大的荣幸。父亲母亲就是家，就是回家的路，兄弟姊妹是回家路上的路灯，是家门口上面的那盏灯。家在、路在，灯才在；如果家没了、路断了，门灯、路灯也就无处安放了。

愿天下父母大人健康长寿，让儿女有家可回；愿各级部门建广厦千万，让人民安居乐业；愿中国政府敞开胸怀，让海外华人有归属感。更希望我自己刻苦学习，精益求精，多多起死回生，多多救死扶伤，为天下患者的孩子们保住他们的家。

2018年3月9日

■ 后记

本文开始于2018年2月10日回家的当天晚上，原计划于返回北京前完成的，但是国家自然科学基金申请书占用了太多的时间，今天凌晨6点45分终于完成，今天上午做了最后的修改。

期待一场雪下

如果有人问我，每年的冬天，你最期待什么？答案一定是“期待一场雪下”。不知道为什么，这个冬天，更是如此。眼看着农历2017年马上就要过去了，北京仍然不见雪的踪影，连一颗雪粒也未曾降下，自己的心情愈发焦躁起来，无言的不安、莫名的烦恼，“期待一场雪下”更加迫切、更加强烈。

“期待一场雪下”就像求学时代等待恋人的来信，那个年代没有电话、没有网络，只能靠书信吐纳衷肠。书信中的每一个

家乡九宫山度假区的雪后全景

字符就像一朵摇曳的雪花，点燃了我的悱恻和苍凉；千千万万个字符连接起来就像银装素裹的芬芳，怒放了我相思的欣狂。我在都市，她在山区，两地相距数千公里，一封信要行走两个星期，甚至一个月。我知道书信会来，但是不知道何时来，于是，每天下课后的第一件事情就是去收发室查看有没有她的来信，就像现在每天早晨起床后的第一件事情是看看有没有雪下。

“期待一场雪下”还像从军年代等待久别重逢的恋人。当时部队规定每年只有一次探亲假，远方的她只是告诉我大概什么时候来，但什么时候买得到车票是一个未知数，于是每个傍晚我便去车站等候。汽车到了，却未见她的身影，那种失望恰如每天早晨推开窗户只见太阳不见雪一样。“期待一场雪下”的感觉就如同当年等待朝思暮想的恋人。每年见到的第一场雪就像军人家庭每年一次的团聚，那份欣喜、那份欢悦，就像初恋。

随着年龄的增长，爱情变得浅淡；随着通信技术的进步，书信成为记忆；随着交通的发展，天涯成为比邻。一切都变得非常容易获得、非常容易实现，所以，恋人间可能不再有那种刻

家乡九宫山的雪景

骨铭心的期盼。但是对雪的期待却仍然像青年时代对爱情的渴望一样，一样浓烈；对雪的期待却仍然像母亲对儿女的慈爱一样，一样恒久；对雪的期待却仍然像奔腾入海的江水一样，一样绵长。我们同样需要自然界的白天、黑夜、阳光、雨露，但是她们没有任何一个可以与雪媲美，没有任何一个比雪更加让人期待。

不同年龄的冬天有不同的期待：童年时期的冬天最大的期待是过年，因为有肉吃，有新衣服穿；青年时代的冬天最大的期待是一家人团聚，因为我们一家人长期分居。不同环境的冬天也有不同的期待：在家乡读书时，冬天最大的期待是去看一看外面的世界；到外地工作后，冬天最大的期待是回家看望父母亲。尽管如此，无论从儿童到成年，从农村到城市，从国内到国外，对雪的期待一直未曾变化一星半点。即使在广州工作期间，明明知道“一场雪下”是不可能的事情，但是，“期待一场雪下”的心一直未曾泯灭。到北京工作后，以为“一场雪下”是理所当然的事情，是不需要期待的到来。然而，现实并非如此。

看到、听到北京周围、甚至南方都瑞雪纷飞，内心泛起了羡慕的涟漪和蒸腾的酸醋，羡煞了我这个新北京人。红裙夺将石榴花，瑞雪妒杀北京城。南方的雨、北方的雪，这曾经天经地义的事情、自然界的客观规律，现在却变了样，不知道是世道变了还是人道变了？我们对自然界的无限掠夺、我们在人世间的肆意妄为，不知道是不是原因之一？对于北京今年的无雪，网上也有很多调侃：“办不到进京证”“清理低端气候”“燕京排斥雪花”。尽管这些调侃太不严肃，但是是否在一定程度上反映了北京人对雪的期待与渴望？

为什么期待一场雪下？不知道。说不清楚，道不明白，就是喜欢。或许是稀罕？或许是悦目？我就是觉得赏心。雪原本是冷的，但是每每看到雪，她却暖和到了我的心底，想到了一家人围着火炉听妈妈说家常，想到了三五知己小酌；雪原本是静的，但是每每看到雪，却让我思绪万千，热血沸腾，想到了风花雪月、红颜知己。雪原本是白的，但是每每看到雪，却让我想到了晶莹的红烛、翠绿的松枝、嫣红的蜡梅。白雪最温存，雪夜最诗情。期待一场漫天飞舞的大雪，期待一个纯洁静美的世界，期待一个温馨怡人的夜晚。

26号，我应邀到武汉大学开会，随着G83次高铁一路向南，向着大雪飞漫的武汉飞驰，向着白雪皑皑的南方前进，心情无比的喜悦。我将沿路拍摄的照片发给北京的朋友，他们羡慕不已，望雪兴叹。下高铁，走出车站时，一股雪的清新扑面而来，突然意识到坐在高铁里面看雪，虽然也很美，但是犹如雾里看花、水中望月。身临其境才有一种特有的振奋、特别的清新，好像大脑被彻底清洗了一样，有一种重新启动、刷新的感觉。突然感悟到，造物主的伟大，自然界的神奇：阳光给人以温暖，黑夜给人以放松，雨露给人以滋润，瑞雪给人以新生。由此想到，雪的美不仅仅是雪本身的净与洁、静与白，更有它带给大自然、进而给人的一种复活与翻新。突然醒悟了，自己为什么那么喜欢雪？为什么那么期待一场雪下？原来是在期待一次重新启动，期待一次焕然一新。

今天，我打电话回家，母亲告诉我家里又下雪了，而且是好多年来最大的一场雪，母亲记不住具体年份，只说上一次大雪是大表妹出嫁那一年，表侄20多岁了，所以应该是20多年来最大的一场雪。原计划在武汉开完会后即刻回通山，与父母亲一起吃火锅、敬父母亲一杯薄酒、陪父母亲拍几张雪景合影、听母亲说长辈的故事，那该是怎样的一种享受？岂不是人生之最快？可惜通往家乡的山区公路已经封闭，近在咫尺，却进不了家门，实在遗憾。亲人安慰我："大雪还有，留点遗憾，才有盼望。"只是瑞雪可遇不可求："还有"不知是何年？

南京的朋友来信说：雪懂你心，如期而至，我已备好了雪和酒，只等君来，一起踏雪寻梅。并引用"绿蚁新醅酒，红泥小火炉，晚来天欲雪，能饮一杯无？"约我从武汉到紫金山小住几天，嘱我摒弃世事、荡涤心胸，清净几天，倾听内心的呼唤、做一回原本的自己，不要辜负了瑞雪的情意。我何尝不想如此，只是患者在京，责任在身，我放心不下。

"期待一场雪下。"千姿飞漫、银蛇轻舞、山水依偎、梅红染雪，当然最好。如果没有，一枚琼花、一粒晶莹、几只玉蝶、几瓣诗意，也可触摸我的心灵，慰藉我的雪痴，舒我身心之痒、解我心头之痛。

"期待一场雪下。"纯纯的白、漫漫的雪、软软的夜、柔柔的情……

2018年1月28日

■ 后记

2018年1月12日到南京开会时，紫金山上仍然有残雪遗留，让我兴奋不已，这是农历2017年第一次见到雪。朋友知道我爱雪，约我下一次雪天再去南京小聚，并要我以雪为题写一篇随想。25日南京大雪如期而至，我的确计划前往，但是由于工作安排，未能成行。为了兑现承诺，26日我在去武汉的G83次高铁上开始构思本文，沿途的大雪给了我创作的灵感，到达武汉时，框架基本完成。27日从武汉回北京的G588次高铁上，对初稿进行加工，今天晚上，又对本文进行反复修改。算是对朋友的一个交代。

母爱

婴儿时

母爱是乳汁

带着母亲的血

滋润我生长

幼小时

母爱是爱抚

摸着我的额头

送我进入梦乡

上学后
母爱是书包
装着母亲的识字梦
陪我走进一个又一个学堂

工作后
母爱是驱动力
让我耕耘不辍
获得一个又一个奖状

再往后
母爱是活着
让我有家可回
可以叫一声"娘"

2017年12月29日

■后记

本文写于2017年12月16日从石家庄返回北京的G656次高铁上，后经多次修改，最后一次修改于2017年12月29日上海静安区秋水云庐小区，儿子从美国回来，我们借居此地。

母亲的眼泪

新学年开始了，所有学生都已打点行装，告别父母亲人上学去。家乡的一位同学在微信中说，母亲在给自己收拾行李时三度落泪，让自己非常心酸、非常不舍。

看到该微信，我想起了自己母亲的眼泪。我的童年是在母亲的泪水中泡大的，我的一生是被母亲的眼泪激励着的。

在我童年的记忆里，母亲身体一直不好，两个最突出的问题是牙痛与胃病。牙痛几乎总是晚上发作，当时的农村缺医少药，无药可治；家庭一贫如洗，也没有钱医治。牙痛严重时，母亲常常以头撞墙。我无能为力，爱莫能助，只能陪着母亲痛哭，陪着母亲流泪。母亲的胃病表现是“吐酸水、心下痛、革心”（现代医学的反酸、胃痛与胃灼热）。尽管母亲非常痛苦，但是很少看到母亲为此失声痛哭，只是痛苦地呻吟、默默地流泪。所以，在我有记忆的童年里，母亲的眼泪就是疾病痛苦的同义词。母亲的疾病痛在了她的身体，却痛到了我的心里。

童年时代的过年是全村儿童最盼望、最期待的节日，因为只有过年时才有新衣服穿、才有肉吃。但是，我不同，我既盼望过年，又害怕过年。盼望过年是因为无论如何贫困，父母亲总会给我们兄弟姊妹做一件新衣服、做一些好饭菜。害怕过年是因为我一家8口人，只有父母两个劳力，我家每年几乎都是全村最大的“超支户”，过年前就是“超支户”兑现的时候。有一年，家里“超支”很多，由于没钱，只好以物抵扣。上级工作队就把父母亲为他们自己准备的棺材木、为我哥哥结婚制作的新床以及为过年而饲养的生猪全部拿走了，母亲哀求他们留下一点年货，别全部拿走，结果当然是徒劳的。母亲束手无策，只有痛哭。所以，在我有记忆的童年里，母亲的眼泪还是心理折磨的同义词。母亲受的折磨煎熬了她的心灵，也刻进了我的脑海。

但有一件事，让我对母亲的眼泪有了新的不同认识。有一年，村里一位外出当兵的叔叔回家探亲，全村人都去看他，叔叔的母亲在众目睽睽下抱着叔叔号啕大哭。我不解其故，回家里问母亲：“叔叔回来了，是好事，婆婆为什么哭呢？”母亲说婆婆是高兴，喜极而泣。我又问母亲：“为什么没有看到你高兴而哭呢？”母亲说没有什么高兴的事情。于是，我暗下决心要做让母亲高兴的事情。一个盛夏的下午，我刚刚从山上砍柴回来，听说自己考上了大学，我从村庄石兰桥狂奔20里山路到区政府所在地黄沙，找到正在参加全区妇联主任大会的母亲，在全体与会人员羡慕的目光里和热烈的掌声中，从母亲手里接过大学录取通知书。那一刻，母亲流下了激动的眼泪，并给我买了一个馒头作为奖励。母亲那一次的眼泪永远定格在我的脑海里，当年我们全县的大学升学率不足1%。在我的青年时代，母亲的眼泪终于增添了一个新的内涵——幸福。母亲的笑容灿烂了她的脸庞，也温暖了我的心底。

小时候，家乡有哭嫁的风俗，女儿出嫁前的晚上，母亲、女儿、姑姑、姊妹等女人们都要在一起哭一场，其中既有传统的传承，更有不舍的亲情。三个妹妹出嫁时，父母亲既没有征求我的意见，也没有告知我时间，我都未能参加，不知道母亲是否流下不舍的眼泪。但是，我出国留学那一次，母亲一直把我送到几里外的邻村，全程牵着我的手，对我千叮咛、万嘱咐，母爱的泪流了一路。在我的成年时代，母亲的眼泪又增添了一个新的内涵——不舍。母亲的牵挂留在了她孤独的心里，却引导了我漂泊的脚步。

对我而言，母亲的眼泪是最励志的进行曲，可以激活儿女的最大生命能量，唤醒儿女的最大奋斗激情；母亲的眼泪是最淬火的演武场，可以锻炼出最刚强的意志，可以砥砺出最锋利的刀剑；母亲的眼泪是导航灯，引领我乘风破浪，直抵彼岸；母亲的眼泪是兴奋剂，激励我永远前行，拥抱成功。

滋养我成长的不仅有母亲的乳汁，更有母亲的眼泪；引导我努力的不是父亲的训斥，而是母亲的眼泪；激励我前行的不是功名利禄，而是母亲的眼泪。母亲的泪水渗入到我的血液里，浸润到我的骨髓里。它激励着我努力一生，温暖着我的成长之路。世界上最神圣与神奇的液体莫过于母亲的眼泪，世界上最纯净而剔透的液体莫过于母亲的泪水。

小时候，乃至青年后，我的所有努力只是为了减少母亲痛苦的泪水，增加母亲幸福的泪花。我的全部目的只是为了让母亲高兴，我的全部努力只是为了让母亲幸福。如果世上只剩一粒米，我愿将它全部奉献给母亲，让她不再饥饿；如果世上只有一丝光，我愿将所有的光线照在母亲身上，让她感到温暖。

我之所以选择医生这个职业，最原始的动机完全是为了解除母亲的病痛。但是当了医生后，尤其是担负了很多社会责任后，自己的奋斗目标和动力确确实实有了一个飞跃与升华，母亲的概念已经被放大了，不再仅仅是我个人的母亲，而是天底下所有的母亲。努力工作的目的不再仅仅是为了我自己的母亲，也是为了天底下所有的母亲。但是，我没有蔡锷将军的境界与高度，将军曾经对小凤仙说“如果我不是属于四万万同胞的，我便是属于你的”。而我既属于十四万万同胞，也属于我的母亲；既属于所有的患者朋友，也属于我亲爱的母亲；既属于我的祖国母亲，也属于我的生身母亲。

希望我们的祖国越来越好，希望我们的社会越来越好，让天底下所有的母亲多一点幸福的泪光，少一点痛苦的眼泪。愿天底下所有的儿女们读懂母亲的眼泪，珍惜母亲的眼泪。

母亲的泪水是从母亲眼睛里流出的乳汁，母亲的泪水是从母亲眼睛里流出的雨露。

2017年9月7日

■ 后记

2017年9月7日至12日我到荷兰海牙参加第39届欧洲肠外肠内营养学术会议，本文写于9月7日北京飞往阿姆斯特丹的CZ345航班上，修于Leiden（莱顿）Holiday Inn 232房。

冰雪覆盖的柔情

2月21日晚上，在无锡水上明月酒店与Sonja等朋友一起吃饭时，不记得我中了什么招，被迫表演一个节目。于是，伴着《冰雪覆盖的柔情》的乐曲，我第三次朗读了宛若茉莉的同名散文诗，前两次分别是1月19日晚上在北京人卫酒店与Philip等朋友吃饭，和1月19日下午与朋友一起去人民卫生出版社的车上。每一次朗读不仅仅感染了朋友，而且深深地感动了我自己，以至于朗读后大脑总有一段空白期和迟钝期，仿佛已进入四野无人的另一个时空，忘记了自己的职业和身份，忘记了自己的年龄和处境。从来没有一篇文章被我朗读三遍，今后如果有机会，我还会朗读《冰雪覆盖的柔情》，足见我对它的喜爱。我已经多年没有朗读了，上一次是2009年5月12日晚上，在广州白天鹅宾馆与文京、少忠、子健、张权等朋友一起纪念汶川地震一周年，我朗读了无名诗《孩子》。

1月17日晚上9点多，我从朋友圈中听到、看到《冰雪覆盖的柔情》及其配文时，我被彻底融化了。此曲配此文，此文配此曲，堪称绝配，恰如伯牙子期、高山流水、珠联璧合、相得益彰。随后我把它转发给朋友，“我醉了，这是我2016年以来读到的最美文、听到的最美曲”。朋友鼓励我“自己动手写一篇，写出比这个更美的”。我说“虽然不可能写出更美丽的文字，但是一定会写出更真实的柔情，只是时机未到”。

此后，我便开始等待，等待一场雪，一场大雪，就像等待一个人，一个梦中可以倾诉的人。我想，在北京，期待一场雪下应该是一件容易的事情。然而，我从2016年的农历腊月等到2017年的正月，始终未见半星雪花。犹如一位在渡口等待情郎船只未到的姑娘，我垂头丧气、心灰意冷。2月21日晚上我从无锡回到北京、走出机场，看到白雪皑皑的大地时，我欣喜若狂：时机到了，《冰雪覆盖的柔情》终于来了！老天应该是被我感动了，竟然毫无征兆地落下了大雪，送我一次不期的邂逅，一个意外的惊喜。从机场回到家里，尽管已经是凌晨，我却毫无睡意，反而思如泉涌，往事历历。

在一个纯净的年代、一个追梦的年龄，刚刚从学校毕业的我，被派外出公干，从山花烂漫的最南到雪花飞舞的最北。当时我正准备考研究生，每天晚上要看书，房间里住了一位长辈，不忍打扰，只好借坐招待所前台，就这样认识了一位姑娘，她与传说中的当地女孩完全不同，眉宇间弥漫着江南女孩的温柔，举手投足里透露出家乡女孩的体贴：她把灯光更好的位置让给我看书，自己在昏暗的地方工作；我总希望帮她做一点事情，她却要我潜心复习……四个月一眨眼就过去了，我依依不舍地回到了南方，也回到了现实。

时间，在一片雪花的起落里飞逝；人生，在一串跌宕的起伏中流淌。然而，记忆却一直不曾远去。20年后的1月4日，我第二次来到最北，1月5日中午，讲完课后，我婉言谢绝了参观安排，独自一人急匆匆去寻找当年的记忆。谁能想到整个建筑都不存在了，哪里还有她的踪影？我沿着旁边的建筑物到处打听，不知道问了多少人，也不知道遭受了多少白眼，最后在一个不起眼的老房子里，一位老阿姨验证了我的身份后帮我接通了电话，电话那头的声音仍然如同当年，好像时间一下子回到了20年前。只可惜，此时的冰雪比当年更厚了，压得柔情动弹不能。

人生就是如此，不如意事常八九。作为六世达赖，仓央嘉措是不可以有爱情的，他却爱上了一个女孩，矛盾痛苦的他才写下了："自惭多情污梵行，入山又恐误倾城。世间安得双全法，不负如来不负卿？"覆盖柔情的不仅仅有自然的冰雪，更有各种社会的冰雪，伦理、道德、宗教、法律……都覆盖着柔情。相对于自然冰雪，这些冰雪更加坚固，更加厚实，而且更难消融。可能，也正因为如此，被冰雪覆盖的柔情显得更加剔透，更加纯真，也更加刻骨，更加凄美。就像再别康桥的徐志摩与林徽因，就像旷世恋情的张学良与赵一荻，留下千古传诵。

寂静的今夜，佐一杯记忆的香茗，听一首低浅的吟唱，伴一盏柔和的白炽灯，临摹一段纳兰性德的人生若只如初见，一朵朵字符在雪光下安静地绽放。娓娓道来的琴音，就好像舒缓幽美的柔情，直抵心扉；就好像千丝万缕的缠绵，直扣心弦。小提琴空灵的倾诉，使我能感到雪花飘落的忧伤，让我能听到冰雪覆盖的无奈。这般细腻让人迷恋，如此婉转将心融化。《冰雪覆盖的柔情》安放了三十年人生的沧桑，吐纳着千百日月的惆怅。难怪白落梅要问“追逐一个梦，或许只需要三年五载，寻找一个人，到底要耗费多久的光阴？”

弱水三千为何独取一瓢，千歌万曲为何只爱一首？钟情一首音乐，不仅仅是因为好听，更是因为它讲述了内心的故事，承载着生活的记忆，打开了尘封的大门。欣赏一段音乐，如同怀念一段时光，让音乐轻轻地触摸你我的肌肤，让回忆慢慢地抚慰你我的灵魂。因为你懂，音乐才变得更加柔美；因为你懂，泪水才变得更加晶莹；因为你懂，岁月才充满曼妙；因为你懂，生活才富含诗意；谁是谁的守望？谁是谁的芬芳？谁是谁的曾经？谁是谁的红尘？“也许，一次不经意的邂逅，会灿烂一生的守候；也许，一个不经意的回眸，会萦绕一世的心痛。”

愿柔情不负韶华，在最美的冬雪里相遇；愿柔情不负春秋，在最深的红尘中重逢。

2017年3月20日

信任

“我已经在A医院住院了”，正敏说。

2月21日晚上，正敏打电话给我，“查体发现胃癌，快帮我介绍个医生吧。”我立即给她推荐了省城A、B两家医院的AD、BD两位医生，并告诉正敏：这两家医院都是省城最好的医院，两位医生都是外科主任，都是非常优秀的医生。我还分别给两位医生打电话请求关照，并为正敏预约了会面、就诊时间。

“AD医生好忙，几分钟就把我打发了，给我讲了胃癌如何如何可怕，手术如何如何复杂，手术后有很多并发症，把我吓个半死，而且态度一般，不肯给我们电话号码，没怎么搭理我们，就去手术了……”正敏告诉我——“BD医生在办公室等我们，非常耐心地给我详细介绍了胃癌治疗、手术的具体方式、可能出现的并发症及注意事项，并告诉我不要紧张，说是普通手术，还主动给了名片，说有事随时联系。”我反问正敏：“那你为什么不找BD医生？而去找AD医生做手术？”她回答说：“大家都说医生态度不好，我不知道BD医生为什么那么好？我怀疑B医院的患者不多，他可能想拉我去住院；而且，癌症这么重的病，BD医生怎么说得那样轻松？似有不负责任之嫌。”听罢正敏的话，我一时语塞，竟无言以对。

周末，我到某地参加学术会议，进餐期间我把正敏的选择对同行讲了，好几位同行说也遇到类似的情况，说是应了张居正“人心不古，好生异议”那句话。个别同行甚至说“医生不能太主动，不能太热情，否则会被误解。要端一点架子，要神秘一点”。我不认可过激的言论，不认同偏颇的观点。但是，正敏的事情的确让我非常吃惊，非常沮丧。患者对医生的失信始于诊断不清的疾病，多见于似懂非懂的人群，现在看来已经扩展到社会精英阶层，教育良好的专业人士也是如此。正敏家境富裕、教育良好、处事低调、待人诚恳，属于真正的社会精英阶层，不知道为什么连她都会有那样的想法？

是什么导致了正敏的异常选择？我分析可能与三个因素有关：一是信任危机。医患失信不是一个孤立现象，它是当下人与人之间关系的一个缩影和反映。到底是什么导致现在出现那么多异常的、激烈的医患矛盾，值得深思。二是心理作祟。心理学家说，国人的逆反心理、扭曲心态举世无双。“失去的是宝，得到的是草”“送来的瓜不如买来的瓜甜”“反对插队与自觉插队”等等都是这种心态的体现；商业上广泛使用的“恐怖营销”之所以屡试不爽可能也是如此。AD医生无意的恐吓式介绍可能恰恰击中了正敏的痛点。三是医生之过。我不知道BD医生当时是如何接待正敏的，BD医生当时的言行举止如何，不过多年的从医经历告诉我，医生留给患者的第一印象十分重要，“first impression is half the battle”，正敏的父亲是我15年前的患者，她当时的一句话“见第一面时，我就非常信任您”让我们的友情持续到今天，也让我成了她的“知心哥哥”和家庭医生，验证了“first impressions are the most lasting”。正因为如此，我要求科室同事在不断提高业务水平的同时，注重自己的个人修为；要求大家正装上班，把自己收拾得干净一些，利落一些。

如何避免正敏的反常选择？我认为需要从如下几个方面着手：一是政府担当。取消保健医院、干部病房、公费医疗，推进医疗公平，推进全民医保，把医疗改革的重点放到改善普通民众的医疗上来。二是媒体公正。“看病难、看病贵”是他人给医疗界扣上的一顶“帽子”，而且不容许讨论，不容许反驳，不容许更换，更不容许随意去掉。如果个别媒体部门能够不戴有色眼镜、能够悉心比较发达国家和我国的医疗现状，就会发现事情的真相。三是行业规范。目前我国医学生教育有学徒制、三年制、五年制、六年制、七年制、八年制，其混乱其他国家少见，这种非均质的医学教育实际上是不公平医疗的种子，而美国统一的八年制医学教育从源头上保证了医疗的公平与均质。无独有偶，我国医疗收费制度的人贱物贵更是奇葩，例如本人星期三、星期四晚上连续两台急诊手术，手术时间分别是2小时、4小时，手术团队由8人组成（手术医生4人，麻醉医生2人，护士2人），手术费分别是690元、960元，这个费用不如一次几分钟的CT检查；一次PET-CT检查要近万元，多于一个医生的月收入。四是个人自律。毋庸讳言，医疗界也是一个小社会，与其他社会群体一样，也是牛骥同皁，鱼龙混杂。但是，作为一位见识了社会百态的老医生，我敢用良心说：医务人员更加敬业、更加辛苦，悬壶济世、人道主义仍然是当今医生的座右铭。

医患失信已经是一个不争的事实，医患纠纷也因此层出不穷。尽管仍然是少数，但是破坏力巨大，后果严重。在日常工作中，我看到的是患者对医生的曲解多一些，医生对患者的防范多一些。临床医疗时，我们常常见到这种现象：任何需要患者或亲属签署知情同意书的检查、治疗、药物及耗材，特别是医保不能覆盖、需要自费的项目，患者或亲属总是要问“十万个为什么”，总怀疑医生是否在推销、是否拿回扣；另一方面，医生为了自保与免责，对患者及其亲属则是严加防范。突出表现为医生不愿意为患者冒风险、担责任，以至于复杂的手术不愿做，责任大的手术不想做，风险高的治疗没人做。治疗前，尤其是手术前谈话时，把副作用、并发症放大到极致，使患者常常有“签手术同意书如同签生死状”的感觉，有时甚至把患者吓得放弃治疗。现在的医院把防范医疗纠纷当作一件大事，当成青年医务人员入职教育的重要内容，把警察请入医院来维持秩序。我不知道这些是好事还是坏事，不知道最终的受害者是医生还是患者。

信任和爱是一种心理需求，没有人不需要信任、没有人不渴望爱，医生需要患者的鼓励和信任，患者需要医生的关爱和体念；信任和爱也是一种前行动力，医生在治疗过程中得到患者的信任和鼓励，会使医生更加努力工作、精益求精、全心全意；医生的一言一行、一举一动会直接影响患者的心情和信心；信任和爱更是一种治疗手段，医患互信会使患者治疗效果更好，依从性更佳，康复更快。正如我在博文《医者禅心》中所写：医治患者伤病、挽救患者生命的不仅仅只是医生笔下的药，手中的刀，还有真诚的微笑，甚至关切的眼神。然而，信任和爱是双向的，当我们在向对方索取信任和爱的同时，当我们在抱怨对方不信任、不爱时，是否也应该反问自己：我们自己做了什么呢？是否付出了爱？是否信任对方？信任和爱是一面明镜，对方正是我们的镜中人，你如何待他，他必将如何待你；你笑，他也笑，你哭，他也哭。在信任和爱的舞台上，我们每一个人都是主角，被他人信任多久，被他人爱得多深，永远取决于我们自己：我们爱他人有多深，他人就爱我们有多深；我们信任他人多久，他人就信任我们多久。您希望被爱吗？您渴望信任吗？那么，请爱他人，请信任他人。人与人之间如此，医生和患者之间亦如此。

最后模仿孟子的“老吾老，以及人之老；幼吾幼，以及人之幼”之言，我希望“痛吾痛，以及人之痛；爱吾爱，以及人之爱”。

2017年3月12日

另起一行

昨夜，北风急；今晨，落木稀。曾经给大地播种绿荫、曾经为行人遮挡烈日的桦叶，就这样结束了自己的生命，随风而去，知落谁边？树叶由发芽到舒展，由嫩绿到枯黄，由挂树到伏地，完成了自己的生命过程。俯视飘零的落叶，一种寂寥的凄凉油然而生；仰望苍老的白桦，一股无奈的忧伤突袭心头。落叶好像看透了我的心事，她纷纷扬扬，似彩蝶飞舞；萧萧而下，如仙女散花，分明是在告诉人们：不要为我悲伤，我并未逝去，只不过是“另起一行”，恰如庄子的“其生若浮，其死

落叶缤纷

若休”。看到此情此景，我怪自己枉自伤感、自作多情了。

“另起一行”是人类诗文创作时的习惯行为。人类有文字记录以来，不知道有多少部著作，不知道有多少篇诗文。这个数字恐怕以万亿计。除非非常短小，否则恐怕很难找到一篇没有另起一行的诗文。

尽管“另起一行”平常得如同吃饭，但是从来没有想过，为什么另起一行？另起一行代表什么？另起一行引申意义是什么？我这种俗人就是如此，“静听不闻雷霆之声，熟视不睹泰山之形”。对司空见惯的东西，从来不问为什么，今天看到地面的落叶，我突然有所感，有所悟，有所想。

天地玄黄，宇宙洪荒；日月盈昃，辰宿列张；寒来暑往，秋收冬藏。另起一行是自然界的客观规律。李白说：夫天地者，万物之逆旅也；光阴者，百代之过客也。春、夏、秋、冬四季的更替，白天、黑夜的变更，太阳、月亮的轮回，无一不在另起一行。网络上有一副对联生动地描述了自然界的另起一行：斗转星移，随日月轮转，明春夏秋冬四季轮回；天动地摇，按规律变动，知山河湖泊千年变化。春华秋实，乾坤天行。日与月与，荏苒代谢。子在川上曰：逝者如斯夫！不舍昼夜。

“另起一行”也是人类社会的普遍现象。文明的更替，国家的兴衰，政权的更迭，疆域的变迁，无一不是另起一行。中国的历史更是如此，三皇五帝、朝秦暮楚、楚河汉界、三国鼎立、沧海桑田、朝代交替；总把新桃换旧符，城头变幻大王旗。尽管每一个朝代都希望千秋，尽管每一个皇帝都想万岁。不愿、不想另起一行。但是，回头看万岁不过黄粱梦，千秋到头一场空。正如清朝大学士张英所书：万里长城今犹在，不见当年秦始皇。难怪杨慎感慨：滚滚长江东逝水，浪花淘尽英雄。是非成败转头空。青山依旧在，几度夕阳红。古今多少事，都付笑谈中。

草木一秋，人生一世，人生不也是如此吗？人生如同一篇文章，有开篇，有结尾，中间有很多段落，自然而然也有很多另起一行。从胚胎形成到婴儿出生，开始了第一个另起一行。随后，“另起一行”便伴随人的一生：从婴儿到儿童，到青年，到成年，到老年；从幼儿园到小学，到中学，到大学；从单身到结婚，到生儿育女；从一个地方到另外一个地方；从一项工作到另外一项工作。哪个不是另起一行？虽然有些无可奈何，却不失精彩。百年人生，弹指匆匆，不过半掌流沙，在“另起一行”中铺展，流逝。再见时，浮生已是又一季轮回。人生的背景不同、经历不同，对“另起一行”的认识也不尽相同：有志始知天涯近，无为总觉咫尺远；实干方知十年短，空谈常嫌一日长。

人生多数的另起一行循规蹈矩、平淡无奇，但是有些另起一行却是波澜壮阔、惊世骇俗。想一想褚时健老人，由一个优秀企业家，另起一行成为阶下囚，再另起一行到伟大的企业家。其精神，引来世人无数的敬仰。想一想郎平，由一位红得发紫的运动员“另起一行”为食不果腹的美国打工妹，再“另起一行”成为中国女排的主教练。其行动，赢得世人无数的赞叹。这样的“另起一行”如同炼狱，浴火重生。没有卧薪尝胆的毅力，哪有三千越甲可吞吴？没有破釜沉舟的决心，哪来百二秦川终属楚？司马迁忍辱负重铸就《史记》，蒲松龄矢志不渝终成《聊斋》。另起一行，再创辉煌。子规啼血，凤凰涅槃。

人类之爱情大致可以分为三个段落：青年时的情爱，中年时的责任，老年时的相伴。爱如酒，情若茶。婚姻没有变化，但味道却在悄悄地“另起一行”。青年之爱情如白酒刚烈，如绿茶清纯；中年之爱情如米酒混浊，如花茶沉杂；老年之爱情如红酒优雅，如普洱绵长。青年时，众里寻她千百度，万里寻芳到沅水；书万顷衷肠，仅为一句执子之手与子偕老；谱千曲相思，只为一声天荒地老此情不渝。情至深，深至痛，痛若毒，恨不能一干而尽，至死方休。滴不尽相思泪水抛红豆，诉不完衷肠几许满闺房。夜半执笔，写尽千词万韵，却难写低语的呢喃；花间独酌，排解千痛万苦，却难解相思的忧愁。青年之爱就是如此至烈、至刚，至纯、至深，是世间任何一部爱情小说都不能描绘的。到了中年，激烈的爱情在工作和生活的奔波中渐渐消退，在养育子女的责任中转化和升华。此时，情如水，易散易忘，缘如梦，难求难解。到了老年，浮名都化了低吟浅唱，于轻风细雨里，相守、相伴、相欢。

不必害怕另起一行。另起一行是机会，另起一行是风景。世界因为另起一行而美丽，人生因为另起一行而精彩，社会因为另起一行而进步，文明因为另起一行而丰富。另起一行是对上一段的告别，但不是逃避。另起一行是新一段的开始，但不是从头来过。人生没有重复，更没有一成不变，另起一行美好也罢，悲伤也罢，都是一种际遇，用心体会当下，珍惜当下，另起一行不是苟且，而是诗和远方。

2016年12月16日

■ 后记

2016年11月12日晚，北京狂风大作，13日早晨上班路上看到满地落叶，有感而发。本文历经一月余，先后修改18个版本，今夜终于成稿。12月16日凌晨于上海好望角酒店1503房。

殇

如果我死去
你　会不会思念我
我　站在人生的彼岸
回望　身后这片静谧的大海
水面上，波光粼粼
映在脑里，化为今生的遗憾
苦涩的海风，阵阵吹拂
诉说　你我写不出的悲寂

海鸥

在天空，低吟浅唱

真情真爱 几人懂

贝壳

从海底，传来哭泣

天嫉英才　何时休

付出这么多　才明白

花开花谢　终是空

失去这么久　才明白

原来　一直未曾拥有

室外，小雨淅沥；室内，《殇》曲徘徊。夜深人静的时候，我坐在书房，打开音响，静静地聆听杜普蕾凄婉的倾诉，寂寥的守望。微风卷着残泪轻叩纱窗，悲泣化入音符飘向雨里。请问小雨，如今谁与追寻？追寻那一颗懂我的心。请问音乐，谁听我诉说？诉说我满怀的寂寞。此时此刻，此情此景，最是适合大提琴曲《殇》。天人曲三位一体，悲寂爱三情合一。音乐在流淌，生命在演绎，老天在哭泣。

6月5日早晨。昆明下着细雨，我在“黄沙老同学”微信群中看到陈文林同学凌晨从美国发来的“让世界落泪的大提琴曲《殇》”。听后才发现，心，原来可以如此的被牵动；情，原来可以如此的被怀想。感伤、孤寂、无助的情绪在旋律中得到共鸣，琴声浑厚，旋律凄美，难怪老天也为之动容。我听了一遍又一遍，听得泪下，听得心痛。哀伤竟可以那样平静，甚至可以海阔天空；悲戚竟然可以那样坦然，甚至可以无所畏惧。像大朵的云彩在天空中随风飘移，在地面上投映着若有若无的暗影；像金黄的麦浪在平原的地表随风起伏，最终去往不可知的远方……

杰奎琳·杜普蕾（Jacqueline du Pre）的人生恰如曲名《殇》，让世界落泪。她才华横溢，16岁登台演出一举成名，征服了全世界；但命运多舛，28岁患多重硬化症瘫痪在床，告别了相爱一生的大提琴；42岁在无爱的孤苦中死去，告别了这个令她无限眷恋的世界。只有她曾经演奏的大提琴曲还回响在人间，那深沉、凝重、孤独，甚至有点喑哑的声音，依然在诉说着她那短促而激荡的一生。她对大提琴的痴迷为“爱”做了最好的诠释。大提琴是她生命的全部，是她身体的重要器官。分不清音乐是从大提琴发出来的还是从她身体里发出来的，分不清哪是杜普蕾哪是大提琴，分不清杜普蕾与大提琴是谁在演奏谁。她的英年早逝为《殇》做了最好的注解，将“殇”痛演绎到了极致。巨星如此陨落，令人感伤动容，让人悲从中来。大提琴有着与生俱来的悲伤和沉郁，它伴随她成长、周游、恋爱、漂泊、疲倦、失落、挣扎，最后又和她一起枯萎。杜普蕾就是大提琴，大提琴就是杜普蕾，二者已经融为一体。

老舍先生说“爱什么就死在什么上”。死在手术台上是外科医生的最高荣誉，死在战场上是战士的最高奖赏。为大提琴而生、为大提琴而死，是杜普蕾一生的真实写照。热爱工作，热爱事业，就会有付出，就会有牺牲。痛并快乐着，苦并幸福着。人生的精彩，不在长度，而在高度；生命的记忆，不在厚度，而在亮度。对一个为“爱”执着、为“爱”献身的人而言，殇是他的宿命，殇是他的墓志铭。一个“殇”字足以释怀他遭遇的所有不公，一首《殇》曲足以慰藉他承受的全部苦难。

回看我自己，也算得上是一个为“爱”执着，为“爱”追求的人。我想，我死后，在告别仪式上，如果能播放杜普蕾演奏的大提琴《殇》，让它萦绕着我，替我向这个世界做最后的告别，那该是一种怎样的幸福？那该是一种怎样的荣耀？不知道我有没有这个福气？不知道我够不够格享受这份荣耀？

今天晚上，杜普蕾的《殇》一直伴随着我，让我不忍离去，让我不思睡眠。它像一条河，流进我的心房。左岸是垂柳，为英才早逝而痛惜；右岸是松柏，如仁人志士的气节；中间是记忆，丰功伟绩，永垂青史，源远流长。

2016年6月10日

放手，不是爱不在

不记得第一次听《爱不在就放手》是什么时候，只记得上一次听是2015年10月7日；不记得第一次听该歌曲时是什么心情，只知道上一次听得我满眼含泪，几乎心碎。当天上午11点，朋友肥仔送我去广州白云机场。我将搭乘CZ 3109航班从广州去北京，告别生活了22年的广州，踏进北上的征途，加入北漂的行列。路上，肥仔无意中播放了《爱不在就放手》这首歌，一下子戳到了我的最痛处。刚刚还笑语连篇的我，瞬间一言不发，肥仔连问我几个“您怎么啦？”“您没有事吧？”我

CZ3109
BEIJING
070CT
SHIHANPING
141
SKY PRIORITY
CZ 280013439801
ETKT 7842498343875/1
ELITE PLUS
B206
1320
R31D
PEK

留存纪念

没有回应肥仔的问话，甚至没有正眼注视肥仔，只是请求他一直重复播放这首歌。就这样，《爱不在就放手》一直陪我到达机场出发厅。取登机牌、过安检、候机、登机，飞行、着陆，我一路无语。

“秋的眼、秋的眉、秋的水，随落花四处纷飞；黄的花、黄的朵、黄的蕊，亲爱的人，我多想一生把你陪；你的眼，你的泪，你的美，忧伤的夜，就像那浓浓的咖啡；我的梦，我的情，我的悲，思念这杯苦酒，怎么喝也不醉。”乌兰托娅如泣如诉的演唱，刻画了好一片人间的美景，描绘了好一个青春的美梦，更唱出了我的心声，唱出了我对广州的眷恋，唱出了我对朋友的真情。但是，月有阴晴圆缺，人有悲欢离合；好景不长在，好花不常开。美好的愿望常常不能实现，此事古难全。面对此时，我们怎么办？放手不失为另外一种情爱。正如张毅在歌词中所说：爱不在就放手，别变成负累；就算痛到心碎，也要走出包围；太在意收获，就会失去那种美；就算不停去追，人生也没有完美。现实生活中，对于爱不在后有几种表现：爱不在就放手、爱不在仍不放手、爱不在就生恨。相对于后两者而言，爱不在就放手是一种理智的选择。尽管很痛，也要放手。在没有你的日子里，我会努力；在没有我的日子里，你要珍惜。

如果说爱不在就放手是一种人生无奈，爱仍在而放手则是一种立世境界。为什么要放手？为什么要离开？朋友得知我离开广州后一直在问。有患者得知我离开后惋惜无比，有朋友得知我放手后痛哭流涕。我要告诉朋友们，告诉患者们，我不是因为不爱你们而离开，不是因为爱不在而放手。我今天的离开，恰如我当年离开父母到外地求学；我今天的放手，恰如我当时离开儿女回国工作。我没有忘记老母当年不舍的眼泪，我没有忘记幼子一直依恋的臂膀。我忘不了岭南山水的兄弟情，我忘不了天南海北的医患情；我忘不了第一军医大学学生的英姿飒爽，我忘不了中山大学第一医院的“尘园幽芳”；我忘不了广州市的三角梅，我忘不了拙绿斋的一品红。流年似水，侠骨柔情。22年的情与爱该有多铭心？22年的风和雨该有多刻骨？我深深地爱着你们，我依依地恋着南方。正如我深深地爱着我的孩子，我离开了他们；正如我依依地恋着我的故乡，我离开了故乡。放手不是因为爱不在，离开不是由于爱不再。

离开一个地方是如此，离开一个人有时候可能亦如此。为了他或她更好的明天，离开可能爱更浓，放手可能是情更重。红尘梦，人间爱。哪个男人不钟情，哪有女子不怀春。男人的一生会遇见两个女人，一个美丽了时光，一个温柔了岁月；女人的一生会遇见两个男人，一个激越了思绪，一个静谧了心灵。如何选择？何时放手？爱情诚可贵，岁月价更高。爱情常常难以抵御岁月的销蚀。人生不同阶段对爱情的理解常有不同：青年钟爱，成年重情，老年要伴。面对放手，人们的表现也大相径庭，有人云淡风轻，有人愤愤不平，有人依依不舍。爱有尺，情有度。爱是一种境界，情是一种追求；走过路，才知道路有短有长；吃过饭，才知道饭有咸有甜；爱过，才知道痛有多苦；痛过，才知道爱有多深。爱过，痛过，才是青春；相守，放手，也算人生。爱着并痛着；苦着并乐着；相逢，未必长相守；相守，未必就相知。

我是一个极端恋旧的人：一件衬衣，穿了10余年，我保留至今；一条领带，无意中丢失，我致电省部高官，请求找回。我又是一个极其感性的人： 首陈瑞的《白狐》使我泪流满面，一个环境的变化使我苦不堪言。每一回离开从来不是一个主动的选择，而是一种无奈；每一次放手从来不是自愿，而是一种被迫。每到一个新地方，我都会有一段长长而怅怅的不适，思念故地；每见一张新面孔，我都会有一个忐忑和忑忑

人在旅途

的不安，依恋旧人。从心底里，我不愿离开；从骨子里，我不愿放手。然而，人生如风，有冷有暖，情难舍，但却一点一点地消融；爱情如席，有酸有甜，心难留，但却一丝一丝的心痛。我的心里充满纠结：我追求相伴，可总在放手；我渴望安定，可总在漂泊。每当我慢慢地爱上一个地方、慢慢地爱上那里的人，且渐入佳境时，冥冥之中就会发生一些事、出现一些人，迫使我或吸引我进入一个新的陌生，不知道为什么？真可谓：天有不测风云，人有旦夕祸福；人愿不如命定，苦作不及天成。但是，想一想孔子文章盖世，尚困于陈邦；想一想太公武略超群，亦曾垂钓于渭水。我一介草民、一愚书生，何德何能安享人生？想到这里，顿时释然，一身轻松。我不恨自己无能，不怪命运不公。一切权当人生精彩，一切且为生命缤纷。红橙黄绿，生命的色彩，单一的红色，未免单调；酸甜苦辣，生活的味道，唯一的甜味，未免乏味。爱过知情重，醉过知酒浓。没有风雨，何来彩虹？不经磨难，哪有成功？

我的人生是一张张的票根，撕开后开始一段一段的旅程；我的家是一个个的驿站，歇息后继续一个一个的陌生。我虽离去，但我心依旧，更相信后会有期。虽然人生何处不相逢，世间处处有芳草，但是，不知为何，每当我回想故人，心中会莫名的酸楚与苦痛；每当我回望故地，心中会莫名的失落与苍凉。我想轻声地问故人，漂泊的我是否有缘和你相依？我想轻声地问故地，流浪的我何时可以和你再会？人的一生，要经历太多的生离死别，但是，那些突如其来的离别，总是将我伤得措手不及。

离开不必一定是分离，放手无须必然是分手。离开可能是一种更好的相逢，放手也许是一种更好的相守。我爱着，我放手；我爱着，我离开！

2015年12月28日

■ 后记

本文写于2015年12月27日晚上，当天下午在CCTV 7频道录制讲座后，回到家里已经近8点，错过了与明峰兄弟的聚餐，北苑一号院里面的唯一一家小餐馆不知道为何关门了。虽然肚子空空，但是思路满满；虽然天气寒冷，但是心底温暖。《爱不在就放手》一直陪我到凌晨4点。12月29日下午回广州，主持研究生海涛的答辩。30日上午，再一次对本文进行修订，《爱不在就放手》仍然一直陪伴着我。谨以本文献给我的朋友们、患者们，也作为给自己的一个新年礼物。

相逢是首歌

记得第一次听到《红十字方队》主题曲《相逢是首歌》时，自己被感动得泪流满面。随后百听不厌，而且每每动容。

你曾对我说，相逢是首歌；眼睛是春天的海，青春是绿色的河。

相逢是首歌，同行是你和我；心儿是年轻的太阳，真诚也活泼。

你曾对我说，相逢是首歌；分别是明天的路，思念是生命的火。

相逢是首歌，歌手是你和我；心儿是永远的琴弦，坚定也执着。

茫茫人海里，能有多少相逢？芸芸众生中，又有多少相识？千千世界里，能有多少相遇？滚滚红尘中，又有多少相知？佛说“百年修得同船渡，千年修得共枕眠”。人与人之间的相遇本是一个极低概率事件，而两个陌生人由相遇、相识，到相知、相惜则更是一件妙不可言的事情。相逢是首歌，美丽而奇妙。

2009年初，我应邀创办卫生部（现在的卫计委）《医学参考报——营养学频道》。作为一份全国性学术期刊，其编委会组成既要求编委的专业水平，又要求地区分布的代表性。当时，自己认识的外省专家不多，只能从网上搜寻合适的人选，吉林大学第一医院的李薇主任就这样被我找到了。2009年8月29日，我们在广州东风大酒店举办《医学参考报——营养学频道》创刊会暨第一届编委会，李主任欣然前来，于是我们有了第一次相遇。此后，我们一起写专著、办学会、出杂志、做研究，李主任一直是我最值得依赖的靠山、最坚定的支持，不仅给了学

欢聚一堂

会最无私的奉献，而且给了我本人最有力的帮助。我国第一部《肿瘤营养学》全书一共260余万字，李主任编写了10余万字书稿。我国大规模、多中心《常见恶性肿瘤营养状况与临床结局相关性研究》一共收集了19000余例患者，李主任贡献了4000余例。李主任的帮助，让我犹如沐浴冬日的暖阳，在漫漫长冬里轻舞飞扬。

2010年秋，医院护理部征求意见，希望派一个护士到我科，尽管我非常不情愿，但是出于支持护理部的工作，我还是接受了，这个人就是石英英。2010年9月13日，护理部张小燕主任亲自送她到科里报到，我和护士长带着张主任、石英英参观我们科室，向她们介绍科室情况。走到一间储藏室时，我对张主任说，希望将储藏室改为肛肠检查室，以便与换药室分开，但是科室护理方面意见不同，石英英当即明确表示支持，认为“可以避免交叉感染”，就这一句话使我对石英英由接纳变为欢迎。几年来的工作证明，英英是上帝的使者，是上帝之手，是上帝给我的厚礼。她的善良和纯净、她的周到和体贴，她的真诚和热心，给所有患者、学会专家、全体朋友留下了极其深刻的印象。她从一名普通护士迅速成长为肿瘤营养评估的专家，其中的艰辛不言而喻；她从一名普通护士迅速转变为多个学会的秘书，其中的压力可想而知。我国肿瘤营养事业的发展有她的汗水，我们多个学会工作的成功有她的贡献，我本人事业的进步更有她的功劳。只可惜，轻轻回首间，白云已走远；再回首，不知是何年？

2011年8月5日，我应邀到云南讲课，地点是昆明翠湖宾馆，大会主持人是王昆华院长。一次“规范肠外营养支持”的讲座就这样成为我们认识的“缘”。从那时起，他来我往不记得有多少次，只知道去昆明是我的期待。上周，有朋友问我，“你走遍了全国各地，有没有特别向往的地方？”我说“有。”“是哪里？”朋友问。“最向往的是昆明。”我答。每次前往昆明，无论多忙，昆华一定会抽空陪我；每次写信，无论再忙，昆华一定会亲自回复。我认识大大小小的院长数百人，昆华是我最敬佩的一位。他不仅心胸开阔、思维敏捷，目光远大，而且能力超群，踏实肯干、待人诚恳。昆华不仅演讲水平一流，而且文字功底了得。无论是专业论文，还是散文随笔，他的修改都让我心服口服。我写文章“和”“及”不分，他的讲解让我顿觉醍醐灌顶、豁然开朗。昆华如一股清凉凉的风，掠过我烦闷的心头；昆华如一股甜滋滋的水，滋润我干渴的心田。

2013年1月26日，临床营养联盟在广州华泰宾馆召开863课题指南编写研讨会，与会代表有全国各地的20余位专家及10余位企业领导，我就这样认识了应希堂先生。人与人之间不知道凭借什么留下印象，只知道在其中的30多人中，应先生给我的记忆最为深刻，而我当时对他一无所知。在随后的交往中，我认识到应先生与国内的绝大多数企业家不同，他富于远见，富有爱心。尽管他没有一个医疗类产品销售，我们也没有为他做过任何一件事，但是，几年来，他一直在默默地、慷慨地支持着我国肿瘤营养事业的发展。全国各地肿瘤营养学术会议有他的坚持，《肿瘤代谢与营养电子杂志》有他的守望。应先生在哪里，哪里一定有一道美丽的风景；应先生在哪里，哪里一定有一弯别样的彩虹。

20年激情燃烧的军旅生活，将自己的交友思维定格在大写战友，将自己的交友方式定格在大碗喝酒，将自己的交友行为定格在大声放歌。然而，一次军队改革把自己抛向一个完全不同的环境，曾经的熟悉变成陌生，曾经的快意变成肤浅，曾经的奉献无人认可，曾经的感动无人认同。在脱下军装的那一刻，自己怆然泪下：既有不舍，也有茫然。10年过去了，自己在适应的同时得到了升华，在失落的同时收获了成果；曾经的绿色变成了七彩，曾经的单一变成了多元，曾经的外在化为内敛，曾经的激情化为引擎。人与人在更高平台上相逢，人与人在更大舞台中相遇。

人人其实都是匆匆的过客，我们的一生不知要与多少人擦肩而过；缓一步，你会感到天地别样阔；慢一拍，你会发现花儿别样红。一次偶然的相逢实际是一个必然的机缘，一记淡淡的轻描实际是一笔浓浓的重彩；珍惜偶然，才有必然；珍惜淡淡，才有浓浓。我不问你，你是谁，我在这儿待你，等你一同去看世外桃源；你不问我，我是谁，你在那儿等我，待我一同去看人间仙境。遇见你是我的缘，守望你是我的歌。人生路上，有心相伴，就不会寂寞；征程途中，有情相随，就不会孤单。

让我们忘掉自己的身份，忘掉自己的年龄，忘掉自己的地位，忘掉自己的背景，忘掉现实里的许许多多，忘掉生活中的林林总总。把自己变作一个小小的音符，共同奏响最美好的音乐——相逢是首歌；共同谱写最欢快的乐章——相逢是首歌:

相逢是首歌，天堑成坦途；

相逢是首歌，沙漠变绿洲；

相逢是首歌，枯渴逢甘露；

相逢是首歌，雪地遇暖流。

2015年9月26日

丈夫

18岁那一年，松娶了20岁的翠，尽管他满肚子的牢骚，满脑子的委屈。

松和翠出生于20世纪50年代末，家庭的贫瘠，生活的艰难，责任的沉重，使他们失去了选择的权利，“父母之命，媒妁之言”就是他们的爱情。松本来有一个相好梅，是他的小学同学。梅比松大一岁，一直像姐姐一样照顾松，懵懵懂懂之中，松爱上了梅。但是，松的父母亲以“女大一，不成妻”棒打鸳鸯，并以“女大二，抱金砖”逼松迎娶翠。

1979年，结婚后第二年，翠分娩时大出血，把接生婆吓得大哭，松连夜把翠送到公社卫生院，翠的血型为AB型，病情紧急来不及找同型血，松的O型血带着他的体温就这样缓缓流进了翠的血管里，温暖了翠逐渐冷却的身体，翠和女儿得救了。但是，由于失血时间过长，翠的脑垂体变性、坏死，得了席汉氏综合征，从此不能生育。松是独子，肩负延续香火、传宗接代的责任，父母亲以“不孝有三，无后为大”，要求松离婚。翠的身体太弱，根本无法从事农业劳动，松的父母亲常常冷言冷语、指桑骂槐。

1982年，为了保护翠，松带妻子女儿离开家乡，到公社谋生。靠着翠住院时与公社卫生院结下的情谊，松顺利当上了卫生院的杂工，翠则当上了洗衣工。借助近水楼台的便利条件，松一边工作，一边给翠治病调养。但是，翠的身体仍然起色不大。

1984年，为了给翠更好地治病，松举家搬到了县城，松在县医院旁边的一家餐馆做帮厨，翠则做洗碗工。后来，他们自己开了一家餐馆。一面养家糊口，一面筹钱给翠治病。同时，松到处搜集妙药，遍访名医，先后带翠到合肥、武汉、上海、北京就医，均失望而归。翠的病情仍然没有明显好转，钱却花了不少。

松意识到翠的病可能需要更多的钱。于是，1992年，松转让了经营多年的餐馆，举家南迁到深圳。当时，正值邓小平南方谈话发表，深圳迎来了第二次改革开放的高潮，需要大量的劳动力。就这样，松进入一家刀模厂打工。松勤奋好学，精益求精，很快成为刀模厂技术骨干，老板看中松的巨大潜力，于是约松一起开厂，松以技术入股成为股东。有了一笔积蓄后，松自己开办了一家刀模厂，生意做得红红火火。尽管松日理万机，但是他仍然一直在为翠寻求更好的治疗方法，而且在翠的治疗问题上事必躬亲。期间，中国的器官移植发展迅猛，听朋友说可以做脑垂体细胞移植，带着一线希望，松先后去了武汉同济医院、北京301医院、上海瑞金医院、天津武警医院、哈尔滨医科大学第二医院、香港玛丽医院拜访名医。均无果而归。

2001年，翠到医院进行例行检查，发现腹部肿瘤，这对翠无疑是雪上加霜，对松又是一记晴天霹雳。松毫不犹豫，立即送翠回老家省人民医院就医，为的是方便亲人照顾翠。但是，手术并不顺利，一是手术中发生大出血，二是肿瘤太大、与周围组织关系密切，未能完整切除。手术后病理诊断为腹膜后平滑肌肉瘤。第一次手术后不久，松带着妻子到复旦大学肿瘤医院进行了第二次彻底手术。松一直没有告诉翠真实病情，只说是脂肪瘤。

2008年，翠的病情复发，松又带着翠到北京协和医院就诊。由于肿瘤侵犯周围结肠、输尿管，不得已，切除了部分结肠及输尿管。翠越来越怀疑自己的病情，无可奈何，松告知了真实情况。听罢，翠没有悲伤，反而冷静地对松说：30年来，你为我所做的一切，我心知肚明，历历在目。作为一个女人我知足了，有你这样的丈夫我实在是太幸福了。我不能再拖累你了，我不想再治疗了。十几年来，我一直要你再去安一个家，你一直没有行动。我死后，你尽快结婚生子，我欠你的下辈子还你。此后，翠多次自杀，均被松及时救回。翠的病花钱越来越多，松一心想治好翠的病，无心打理工厂，于是变卖了工厂及家产，专心陪翠就医。此后，翠多次在深圳、广州、合肥、上海、北京、天津、成都、济南、长春等地就诊，接受放射、冷冻、射频、光子刀等物理治疗近20次；先后在北京大学肿瘤医院、中国医学科学院肿瘤医院接受手术3次。

2010年，翠的肿瘤发生多处转移，抱着一线希望，松带翠来到中山大学第一医院就诊，在翠住院的一个多月期间，松每天以三个馒头充饥，日日夜夜守护在翠的身旁，不曾离开一步，一直到翠静静地离开人世。

从1979年到2010年的32年间，翠先后因为不同原因住院近百次，就诊行程近百万公里，就诊足迹遍布全国10多个省市的20余家著名医院及多家其他中小医院，松一直陪护在翠的身边。32年来，松从不曾流泪，遗体告别仪式上，松伏在翠的身旁，号啕大哭，撕心裂肺；积压了30多年的情爱，如山洪暴发，一泻千里，好像在诉说几十年的夫妻恩爱；压抑了30多年的愤怒，如火山爆发，直冲云霄，好像在倾诉几十年的命运不公，在场的人们无不为之动容。松感到自己的精神彻底地崩溃了，松的身体也完全地瘫痪了，卧床不起达3月之久。

2013年，松为翠守身3年后，回老家接来守寡多年的梅，重新投入到外出打工的滚滚洪流中。

2015年6月30日

■ 后记

本文起于5月初，原本是为父亲节而写的，但是一直杂事缠身，无心下笔。昨天，在从洛杉矶回广州的CZ622航班上，本文初稿得以完成，回家后进行了认真修订。本文主要故事来源于一对真实的夫妻，他们一直让我难以忘怀，为了患者尊严、个人隐私及医院名誉，请读者不要细究具体情节。

对雪

2015年2月18日，除夕，美国东部时间16:30，天空如约定般飘起了鹅毛大雪。一周前，当地的天气预报说，今天的16:30会下雪，我还半信半疑。

随着漫天的飞雪飘舞，湛蓝的天空一下子暗淡了起来，家门口那盏非常明亮的路灯此时变得昏黄黯淡，本来就在5米之内，此时看起来却似百丈之外。不远处的房子消失在视野里，唯有那一盏微光闪烁的孤灯让人知道那就是家的方向。我在担

雪景

心这个灯如果再暗下去，路上的行人是否可以回家？我的女儿是否可以找到回家的路？“商山风雪壮，游子衣裳单。四望失道路，百忧攒肺肝。”此时，正是国内的大年初一早晨，我忽然想到了万里之遥的父母亲，他们是否也在期待儿女子孙们早一点回家过年？

雪原本是冷的，但是不知道为什么心理上总与暖有关；雪本来是冰寒的，但是不知道为什么情感上总与温情有关；雪其实是清爽的，但是不知道为什么文学上总与沉酣有关。人的情感就是这样的奇妙，一方面南辕北辙，一方面浮想联翩。是否是因为生理上感到冷，才更需要心理上的暖？如何暖？喝酒是一种最简单的方法，所以才有喝酒取暖之说。一个人喝酒只能满足生理上的暖，朋友一起喝酒才能够既得到生理上的暖，又得到心理上的暖，后者才称得上温暖，而前者只是暖和。暖和易获，温暖难求。其实，人最需要的、也最难得到的是温暖。风雪催人归，寒冷逼人回。是风雪把人们带回了家，让一家人围炉夜坐、促膝深谈；是寒冷把朋友聚到了一起，把酒当歌，吟诗作对。正是因为有了雪，所以才有了白居易与刘十九的对饮，所以才有了“绿蚁新醅酒，红泥小火炉。”此时，再读白居易的诗，仿佛当时就在其中。

雪景

我是喜欢雪的，不是因为一个固定不变的理由。童年时，喜欢雪是因为好玩，多了一个嬉戏的法子，把雪捏成雪球互相往对方的脖子里面塞，一面凉得嗷嗷大叫，一面笑得泪涕四溢。遇上冷冻天，雪水凝结成冰，挂在家家户户的瓦檐下，家乡称它为“凌冰吊”，远看恰如一排排白色钟乳石。用竹竿子把它敲下来，拿在手上吃。那可是我人生的第一支冰棍，而且是真正的冰棍，它的美味是现世间任何一种冰激凌都无法媲美的。青年时，喜欢雪是因为它的晶莹剔透，洁白无瑕。当时，自己已经心有所仪，一直想找一个大雪天向她表达。可是，南方哪来的雪？于是只好借雪寓意，手抄了许多首赞美雪的诗句，表白自己的感情像雪一样纯洁。可惜，花无百日红，雪无百日白！冰雪消融的季节，一切随之而去。到了现在，我仍然喜欢雪。但是，此时遇到下雪，我不再是亢奋地往外跑，去堆雪人，去打雪仗，去滚雪球，去固执地站在野外让大雪把自己变成雪人，让大雪把自己凉透，任凭父母千般呼唤、万分着急，也不回家。此时遇到下雪，我更愿意“坐看青竹变琼枝”，更希望“盖尽人间恶路岐”。不用父母叫喊，不用家人操心，自觉地、乖乖地回家，仿佛下雪就是回家的命令。

记忆中好多年没有看过这么大的雪了。实际上去年春节期间

雪景

（年二十九）也下过一场雪的，但是除了我们一家人出去铲雪清路、拍照外，没有留下其他的记忆。上一次关于雪的深刻记忆是1999年，当时我住在Baltimore的Calvert Street 2604号。由于下雪，学校关门，我们不用上班。于是几个朋友相约一起出去赏雪。地点就在Charles Street西边，Johns Hopkins大学Homewood校区正前方的公园里。公园的名字我记不清楚了，只记得里面有Lee将军的铜像，方明、孙兆黎，卞策、袁瑄、张宗德、侯志鹏等朋友一起在Lee将军铜像前堆雪人，当年的雪非常厚，我们堆的雪人几乎和我们一样高，大家高兴地合影留念，只可惜我没有找到那张照片。彼时我们几个人都是学生，大家住得非常近，所以经常在一起聚会。雪天就是最佳的聚会时机。那年的大雪融化后，慢慢地大家安了家，住地隔远了，聚会也就少了，从此再也没有堆过雪人。回忆，也许是最美好的。不是因为那个时候多美好，而是因为那个美好的时候是雪带给我的……

雪夜，我独自一人静静地坐在书房里，考虑如何为《中国肿瘤营养治疗指南》写一个前言。它是一本虽然很小，但却很大的书。小是因为字数少，只有11万字；大是因为意义重要，它是国际上第一本肿瘤营养治疗指南专著。为它写一个前言不是

雪景

一件容易的事情。尽管我冥思苦想、绞尽脑汁，还是不知道写什么。

夜深了，四周静得像原始森林，静得可以听见落雪；窗外一片漆黑，远方偶尔闪过的汽车灯光，让我意识到思维的搏动。我毫无睡意，仍然沉浸在雪后的兴奋之中。突然间，我有了灵感，渐渐地，我有了思路，赶紧用几个主题词一样的文字，把灵感与思路记录下来，怕的是一会儿忘记了。很快，十几分钟，前言的架子就搭起来了，随后就是添砖加瓦。凌晨4时，一篇科学与艺术并存、理性与情怀同在的前言——《远帆的航标》顺利完成。2400余字，洋洋洒洒，一气呵成。好一个雪夜。

雪是有智慧的，更是有灵性的，其根源在于静。佛说：静能生慧。我说：静能生慧，静能生灵。徐志摩在《再别康桥》中写道："Very quietly I take my leave, As quietly as I came here."雪就是这样，静静地，我走了；正如我，静静地来。每当残叶遍地，每当尘埃漫天，每当干渴难忍，雪，静静地来了，不用闪电，无须雷鸣，静静地澄清玉宇，静静地美化大地，静静地滋润万物；给世间一个清新的冬天，给大地一个生发的先导。新春伊始之际，雪，悄然离去，将惜别的眼泪化为汪汪春水，滋润出生命的绿，滋润出生命的红。万象更新之时，雪，潸然泪下，将不舍的泪水变成涓涓溪流，无声地流淌，不带走一片云彩，不留下一丝痕迹。给大地以春暖花开，姹紫嫣红；给良人以依依不舍，悟道启迪。“生如夏花之绚烂，死若秋叶之静美。”相对于雪，泰戈尔的云淡风轻仍然逊色不少!

好一场雪，及时地落在了除夕夜，辞旧迎新，瑞兆吉祥!

好一场雪，深深地落到了我的心里，洗净了我的脑海，滋润着我的心田。

2015年2月21日

外面的世界

齐秦的《外面的世界》是我最喜欢的歌曲之一，是每次卡拉OK时的保留节目。据说，从不流泪的莫文蔚翻唱《外面的世界》时，刚带上耳机听到前奏，就已经无法控制感情、泪流满面了，以至于不能录制节目。实际上，喜欢《外面的世界》的人远远不止我和莫文蔚，任何体会过远隔的思念、品味过别离的痛苦、有一些生活经历、有一点沧桑感的人，都会喜欢《外面的世界》。《外面的世界》成为卡拉OK点击率最高的曲目之一，就是最好的说明。

喜欢这首歌的原因各不相同，莫文蔚可能是喜欢它的旋律，因为当她听到前奏时就泪流满面了。我则更喜欢它的歌词，打动我的其实就是歌词，而不是旋律，总觉得歌词说出了我想说的心里话："在很久很久以前，你拥有我，我拥有你；在很久很久以前，你离开我，去远空翱翔；外面的世界很精彩，外面的世界很无奈；当你觉得外面的世界很精彩，我会在这里衷心地祝福你；当你觉得外面的世界很无奈，我会在这里耐心地等着你；每当夕阳西沉的时候，我总是在这里盼望你；天空中虽然飘着雨，我依然等待你的归期。"

齐秦是16岁那年因为酒后斗殴被关进感化院的，由于《外面的世界》是他在感化院期间创作的，有人据此认为是他在身陷囹圄期间对外面自由世界的渴望。实际上，看看《外面的世界》的歌词，我们就知道这种解释完全不对。我个人推测他当时可能已经恋爱，而且女友可能已经远走他乡。他心中有爱，借《外面的世界》表达他对女友的真情；他心有挂念，借《外面的世界》寄托他对女友的眷恋。

我这一生体验过太多的别离，既有亲人的，也有友人的；既有主动告别亲人、朋友，也有被亲人、朋友告别。我主动告别亲人或友人时，不知道他们如何想？不知道他们是否想对我唱《外面的世界》？但是，我知道，每当亲人、友人离别我时，我最想对他们说的话就是：“外面的世界很精彩，外面的世界很无奈；当你觉得外面的世界很精彩，我会在这里衷心地祝福你；当你觉得外面的世界很无奈，我会在这里耐心地等着你；每当夕阳西沉的时候，我总是在这里盼望你；天空中虽然飘着雨，我依然等待你的归期。”

第一次有记忆的被告别是1988年的夏天。我像往常一样去叶子的办公室，见椅子无人，桌面无物，我一阵惊慌，不知道发生了什么事情，连忙问她的同事，他们说叶子去了海南。1988年4月13日国家宣布成立海南省，全国各地的“闯海人”，从白山黑水、从四面八方，踏着《请到天涯海角来》的节拍，一路向南、向南，直到海南。叶子就是这批闯海人中的一员。大约半个月左右，我收到从海南寄来的一封信，里面是一张明信片，写道：“我是一片叶子，飘荡不定；风起时，我随风而走；风止处，我随遇而安；绿叶有心伴树木，无奈风太劲？落红本意化春泥，谁知水太急？奈何浮生若梦！”由于没有地址、没有电话，我无法联系，只好仿效当时比较时髦的做法——写信到广播电台点歌，为她点播的就是《外面的世界》，只是不知道她是否听到？不知道她是否还有心情收听点歌？我们两人都非常喜欢滕佳主持的点歌台节目，几乎是每期必听，一首不漏。这是我平生第一次，可能也是最后一次到电台为他人点歌。我们相识近一年，一直不知道她的真实姓名，我从来没有问过，她也从来没有说起，可能一直以为我知道。自此一别近30年，杳无音信，不知道那片叶子如今飘落何方？

最难忘怀的告别是2012年1月27日，春节后儿子回美国读书。我们在香港机场告别，我是千叮咛，万嘱咐，要儿子听妈妈的话，好好学习、积极锻炼；要妻子照顾好自己和儿子，注意安全。我反反复复地说："感觉好，顺利，就留下；感觉不好，不快乐，就回来。""外面的世界很精彩，外面的世界很无奈；当你觉得外面的世界很精彩，我会在这里衷心地祝福你；当你觉得外面的世界很无奈，我会在这里耐心地等着你，"一直在脑海里萦回。看到单薄的妻子牵着幼儿的小手，一步一步走向远方，我心如刀割，泪若泉涌，在偌大的香港机场失声痛哭，以至招来好多人的问候。我恨不能陪伴妻儿一起出行，我恨不能陪伴儿子一起成长。我真想变成一把伞，为他们遮风挡雨；我真想变成一把斧，为他们开山辟路。我应该是一只大雁，带妻儿一起飞翔；我应该是一片港湾，让他们放松歇息。然而，现实生活中，我却什么都不是，什么都做不了。想到别人的妻子有丈夫陪伴，想到别人的孩子有父亲宠爱，而我的妻儿却只能独自面对一切困难，我的内心一刻也没有安宁过。外面的世界有我无尽的思念牵挂，外面的世界有我刻骨的真情实爱。

人的一生会有很多莫名其妙的变化，对外面世界的看法就是其一。年轻时总是渴望外面的世界，年老时却想落叶归根。不知道年轻人为什么总热衷于外面的世界？我自己年轻时也是如此，外面的世界一直是我向往的地方。每一次上大学或回家时，总是不想下火车，想一直坐到终点站，想去看看外面的世界是一个什么样子？大学毕业、博士毕业时一心想离开学校所在地，去到很远、很远的地方，去看看外面的世界。在石兰桥村，想去看看梅田公社；到了梅田公社，又想去看看黄沙区；到了黄沙区，又想去看看通山县城；到了通山县城，又想去看看武汉市；到了武汉，又想去看看北京、上海；到了湖北省会，又想去看看其他省市；看了中国，又想去看看外国。看看外面的世界是什么样子一直驱使着我，让我不断迁徙。一直想知道天涯海角在什么地方？一直想知道地球的最远端在哪里？所以，我认为年轻人对外面世界的向往主要是出于对未知世界的渴望，是一种求知欲望，是一种探索欲望。是一种不满足，是一种主动。

2014年10月27日

You Raise Me Up

7月19日10:50，徐玉琼同学给大学同班群发来微信“一首音乐献给生命低谷的人，激励全球几亿人”。尽管我几乎不看微信，但是出于对音乐的热爱，我还是立即下载并阅读了微信：是一首歌——*You Raise Me Up*。在歌名的吸引下，我上网找到英文歌词，并配上我本人的中文翻译。

You Raise Me Up（你激励了我）

When I am down and，oh my soul，so weary（潦倒失意

之时，我的精神疲惫不堪）

When troubles come and my heart burdened be（困难挫折之际，我的内心不能负担）

Then，I am still and wait here in the silence（此刻，我会在这里静静的等待）

Until you come and sit awhile with me（直到你出现，与我同在）

You raise me up，so I can stand on mountains（有你的鼓励，我能屹立崇山峻岭之巅）

You raise me up，to walk on stormy seas（有你的鼓励，我能信步狂风骤雨海面）

I am strong，when I am on your shoulders（有你的支持，我变得坚强）

You raise me up… To more than I can be（有你的鼓励，我发挥超常）

There is no life，no life without its hunger（每一个人都会有自己的梦想）

Each restless heart，beats so imperfectly（即使不完

美，也是心灵的渴望）

But when you come and I am filled with wonder（每当你到来，生活充满了无限的奇迹）

Sometimes，I think I glimpse eternity（每当你到来，生命见证了永恒的真谛）

*You Raise Me Up*是一首赞美诗，由Secret Garden（神秘园）成员、挪威钢琴家和作曲家Rolf Lovland作曲，爱尔兰小说家和歌曲作家Brendan Graham填词。此歌于Secret Garden 2002年专辑*Once in a Red Moon*首次发布，由爱尔兰歌手Brian Edward Patrick Kennedy首次演唱。迄今为止至少已被全球100位艺人翻唱，已经在全世界用不同语言录制125次以上。仅2004年，*You Raise Me Up*就在美国的电台共计播放了至少50万次以上。美国纪念911事件时就演唱了*You Raise Me Up*。足见此歌的巨大魅力和人们对它的钟爱。

此后，我不时在电脑上或在手机上播放*You Raise Me Up*，每一次听后都是非常感动与震撼。那浑厚的男声让我迷失听觉方向；那间奏的风笛让我沉沦音乐海洋，不能自拔，却乐此不彼。*You Raise Me Up*一直在我的脑海里徘徊，挥之不去，无法忘记。自从6月25日以来，我的情绪一直低落，不能复原，一直希望有人或有事能够“raise me up”，一直期待那个“raise me up”的“you”出现。

自从听到*You Raise Me Up*后，我一直在琢磨那个“raise me up”的主“you”是人还是物？在我看来，“raise me up”的“you”是物，而非人，那个物就是“爱”，是爱“raise me up”，而非人“raise me up”。曾几何时，“好、很好、非常好，1、2、3”一直是我讲课的努力目标与最大追求，因为心中有爱。今年生日，一个美丽的谎言让我喜出望外，一份特别的礼物让我欣喜若狂，因为心中有爱。如果爱不存在了，形同陌路，那个人就不再会“raise me up”。地球上有几十亿人，其中的绝大多数不会“raise me up”，只有极少数有人才会“raise me up”，所以，爱是“raise me up”的必然前提与先决条件。但是，爱是人传递出来的，那个“raise me up”的“you”是一个爱的化身，爱化之人。一项爱人的政策会“raise me up”，一个爱人的国家会“raise me up”，尽管政策、国家不是人，但是，政策是人制定的，国家是人管理的，所以，“raise me up”的“you”是爱与人的一体，不可分离。

很多人都可能会认为，“raise me up”的只是爱我们的人，实际上，我们爱的人也会“raise me up”。爱我的人会“raise me up”，我爱的人也会“raise me up”。所谓的“女人虽弱，为母则强”就是一个写照。当一个柔弱的女人变成母亲后，由于有爱，由于母亲爱她的儿女，表现出来的能力就超乎寻常。由此可见，爱与被爱都是可以“raise me up”的。从这个角度上说，我们不能仅仅希望被爱，而应该主动地去爱他人。助人助己，爱人爱己。爱他人可以使我们变得高尚，爱他人可以使我们变得更有担当。这样，我们的奋斗也就会更有力量；这样，我们的人生也就会更加辉煌。有大爱，才会有大成；有大爱，才可能成为大医。

“Raise me up”的这个爱有大有小，有公有私。对一个自然人来说，“raise me up”的爱可能主要是一种小爱，可能更多是一种私爱。对我本人来说，“raise me up”的第一种爱是母爱，是母亲；然后是情爱，是恋人；随后是慈爱，是儿女。母爱是“raise me up”的最大动力，情爱是“raise me up”的最甜记忆，慈爱则是“raise me up”的最重责任。

对一个社会人来说，“raise me up”的爱可能更多是一种大爱，可能主要是一个公爱。对我本人来说，“raise me up”最多的是病人、是朋友、是党中央。对病人的爱使我的灵魂得以不断升华，使我的医术得以精益求精。“Love in Heart, Care in Action（仁爱于心，关切于行）”是我的格言。朋友使我学会“care”，友爱使我懂得“share”。而党中央近来严抓的“反腐倡廉”无异于赴汤蹈火，极大地振奋了每一个有良知的中国人；“深化改革”无异于自我革命，极大地激励了每一个有正义感的中国人，让中国人在固化藩篱的窒息中感受到新风，让中国人在腐败泥潭的挣扎中看到希望，拯救民族于危难之中，拯救国家于崩溃边缘。

You raise me up，to more than I can do；You raise me up，to farther than I can go.

2014年8月10日

你若安好，便是晴天

时光如水，总是无言。

你若安好，便是晴天。

一直想做个安静的女子，在最深的红尘里守着自己，守住最初的萌动和欣喜。

或者陷在一本光影流年中，翻看那些依稀旧梦。

时光仿佛一杯静水，依然深刻，依然可以深流，而一份心情却与风月无关，水逝惊鸿去。

站在时光的路口，回望曾经走过的美丽和温柔。

许多人，许多事，许多曾经花发枝满的渴求与憧憬，依然在岁月的长河中缓缓流过，又默默回溯。

世事纷繁，时光终是无言，所谓的执念也许只是虚妄，所谓的抵达也不过是终点。

生命不止，红尘无尽。

仅以一程换一种懂得，仅以一程换一场经历，如此，而已。

滚滚红尘，谁又是谁生命中的看客和过客？

推开一扇叫岁月的门，许多年华终于被渐次搁浅。

而你，永远是斜格子里的光影，游走在梦与现实的边缘。

若是时光锁住的葱茏，曳动冷冷的素月清秋，那么弱水三千，谁取你一瓢，醉饮红尘外？

此生，你若安好，便是晴天。

以上是一篇网络散文，一篇佚名的优美散文。读后，内心一阵紧缩，一种莫名的心酸，由里及外；一丝悠悠的悲凄，油然而生。我应该是过了读这种散文的年龄，医生职业的理性更是与这样的风月无关。人生情爱，世间荣辱已经离我远去，红尘故事不应该在我的内心激起半点涟漪。唯有散文中的一点佛性、一份洒脱与我的年龄与职业相称。

2013年1月8日，朋友给我发来一封邮件，主题为“你若安好，便是晴天”，没有正文，只有附件，里面是杨钰莹的歌《你若安好，便是晴天》。这是我第一次看到“你若安好，便是晴天”这句话。“歌名如此温馨、婉约，歌曲一定非常动听”我想，于是急急忙忙下载。听罢歌曲有些失落，歌词、曲律非常一般，远没有歌名那么美丽，也没有杨钰莹的《我不想说》那样动听。

尽管歌曲一般，但是“你若安好，便是晴天”这几个字让我着迷，此后它一直在我的脑海里徘徊、缠绕，无数次有同一种冲动，想用“你若安好，便是晴天”来写一篇博文，但是一直没有思路，一直无法定位其中的“你”，一直不知道其中的“你”是谁，无从下手、无处落笔。我理解，“你若安好，便是晴天”应该是一位有过经历、有过故事、年龄在30—45岁之间的女子对她牵挂的、未能走到一起的恋人说的话，是江南才女的吴侬软语，是红颜知己的窃窃思念。我一个老男人，说这样的话，太娘娘腔！对谁说?

今年春节，我到美国与孩子团聚。2014年1月27日，星期一，因为孩子要上学，我起来给孩子做早餐。头天晚上不敢深睡，一直在半梦半醒之间，一觉醒来，已经是凌晨5:40。我不敢再睡了，怕误了做早餐的时间。但是此时起床又太早，我躺在床上胡思乱想，不知道怎么地想到了“你若安好，便是晴天”。想着，想着，自己有了思路，生怕忘记了，6:37赶快起床，急急忙忙开始写本博文。

地球上几十亿人，茫茫人海，芸芸众生，实际上只有三种：我、你、他。“我”就是我自己；“你”就是与我有过交往的人；“他”就是与我没有交往的人。

“你若安好，便是晴天”的“你”是谁？一直不好定位，现在终于知道了。按照与我本人的关系，这个“你”可以分为几大类：亲人、朋友、病人、师生、同学、同事、领导。

亲人，无疑是我最爱、也最爱我的一群人，是我心灵的港湾，灵魂的归宿，是最被我忽视而不抱怨的一群人，是承受我坏脾气最多而不计较的一群人。最近，在微信中读到新二十四孝，对照起来实在是汗颜。国人对长辈的爱远逊于对晚辈的爱。看看幼儿园，再看看养老院，一切的解释都显得苍白无力。我本人也是如此：经常给孩子打电话，却很少给父母打电话；每次见面，都要给孩子剪指甲，却从来没有给父母剪指甲；有机会，总想陪陪孩子，但是很少想到陪父母；孩子的生日记得清清楚楚，却常常忘记给父母生日祝贺；孩子的话总嫌太少、听不够，父母的话总嫌太多、特啰唆。

朋友是谁？是一群志趣相投、体味相似的人。我在以前的博文中曾经写过“有人见面一次熟，有人相处百年生”，朋友就是前者。不需要说得太多，一句话足够；不需要相处太久，一面缘即可。国人重视朋友胜过家人，国人活在朋友圈里而非家庭里。我生性好动，交友广泛。每走一地，每到一处，都能迅速找到朋友。我的朋友遍布各地，有达官贵人，有平民百姓，他们就像陈年老酒，越久越香。我的为人之道还在于：热心助人，不求回报；真诚待人，不计得失。然而，实际上，在帮助他人时、在真诚待人中，我收获更多。在我困难之际，在我需要帮助的时候，常常会突然出来一个人帮我一把，常常会突然出现一只手拉我一把。我将这个人视为上帝的使者，我将那只手视为上帝之手。

病人是我的最痛，也是我荣誉心的来源，是成就感的源泉。尽管目前医患矛盾尖锐而激烈，但是我与病人的关系非常密切。我真心爱护病人，病人也真心爱我，我时刻被我的病人感动。2014年3月12日21:55，梁XH给我发来短信“石教授，近来很忙吗？已很久未能读到您新上传的博文了，您没事吧！祝君安好！”22:09，我回短信说，“近来特别忙，谢谢挂念！问全家好！”22:29，XH回短信说，“你若安好，便是晴天！记得去年我最忧愁的时候，你给了很大的帮助！在你的身上我领悟到优秀、高尚、善良等赞美词语的现实版。我们都很好，谢谢您！”也是该病人，每年在我农历生日、一个连妻子都记不住的日子发来祝贺。有这样的病人，叫我如何不感动？有这样的病人，让我如何不敬业？

师生是除亲人之外关系最亲密的一个群体。古话说：师徒如父子，一日为师，终身为父。我对老师一直充满了敬意，充满了感激。我的老师虽然年纪越来越大，但却是越来越可爱，我对老师更是越来越爱。我在一个纯洁的年代里接受教育，拜师学艺，培养出一种纯洁的师生关系。然而，传统的师生关系已经远去，现在的师生关系越来越复杂，越来越变味。为师不尊，为生不敬。“老师”改称“老板”，学生成为苦力。

同学是关系最为纯洁的一群人。我的小学、中学、大学、军校、研究生、博士后在不同国家、不同大学度过，所以我有很多同学。尽管很多同学都不记得、不认识了，但是对李汉军一直印象深刻，他是我长沙工程兵学院的同学与战友。当年，我的孩子因病住院，需要母亲帮忙照护；但是，母亲远在千里之外的家乡，如何来长沙是一个问题。当时家乡没有电，没有电话，没有公路。汉军独自一人、拿着一封信、一个地址，从长沙坐10多个小时的火车到咸宁，从咸宁坐汽车到我家的梅田公社，再从公社走路去我村庄。汉军不辞劳苦，边走边问，往返四天，把我母亲接来长沙。这就是我的同学！

同事，是一个特殊的群体。人的一生中，除了夫妻外，可能与同事在一起的时间是最长的了。本来应该是好好相处、相互关心、相互帮助，但常常事与愿违。我先后在多家大学、医院学习、工作，看到的、听到的、经历的同事关系，融洽者少。可能由于竞争的关系，可能由于资源的问题，更可能是由于管理的不公，关系不和的现象比比皆是。问题的核心是发展权，理论上每个人都有公平的发展权力，良性的竞争有助于发展；实际上，专业上竞争常常变成专业外的争斗。虽然惹是生非者只有个别人，但往往是“一粒老鼠屎，搞坏一窝粥”。

不论你是谁，不论你友好与否，不论你爱我与否，既然你是我生命中的你，与我就是有缘之人，我都想对你说一声：你若安好，便是晴天。

■ 后记

本博文从1月27日开始写后，一直就搁笔了，两个月后的今天才得以完成。

2014年4月4日

医者禅心

一直以来，以为禅是高深莫测的，是常人不能理解的，以为禅只能在曲径通幽处，只能在万丈红尘外，以为只有遁入空门，只有黄卷青灯，只有得道高僧才能参悟的。在读了白落梅的书后，这样的想法彻底改变了。其实，禅并不神秘，也不深奥。你可参禅，他可参禅，我亦可参禅。禅不在远处，而在身旁，就在红尘里，就在人世间，就在闹市中。参禅不一定要选择场所，不一定要去庙堂古刹，不一定要在深山别院，生活居所可以成为参禅圣地，工作场所可以成为菩提道场。参禅不一定要讲究形式，不一定要薄衣素食，专门盘腿打坐不一定可以参悟，兼顾工作生活不一定不能参悟。心中有禅，则遍地是道场；心中有禅，则处处可以参禅。

什么是禅？一直不懂！恍然大悟间似乎明白：禅，原来就是平常心，是由内而外的平常心，是表里如一的平常心。参禅就是返璞归真，就是回归真我，就是人性回归。参禅不仅是佛教的修持方法，基督教也有运用。太平天国时期《英杰归真》里说“上帝基督化人，超凡入圣，返璞归真”，就是一个例证。然而，我是医生，什么是医生之禅，什么是医者禅心？细细想来，医者禅心也是平常心，其核心是仁爱，以同一颗仁爱的平常心对待不同的病人，维护生命的至高无上，追求治疗的至善至美，从“生而平等”向“病而平等”、“治而平等”禅变，这可能就是医生之禅。细细想来，医生是一个最应该禅修的群体，行医是一个最合适参禅的行业，医院是一个最容易参禅的地方。当医生的心中有一棵菩提，当医生的脑海有一盏青灯，医院的一切医护工作就是在参禅，医生的一切医疗行为就是在参禅。

在我看来，一视同仁、不分畛域是禅。不因人而异，对达官与平民、对巨贾与乞丐、对警察与罪犯、对朋友与敌人，都有一样的眼神、一样的语调、一样的表情就是禅，不因病而异，对良性疾病与恶性疾病、对大病与小病、对重病与轻病、对传染病与普通病，都是一样的重视、一样的认真、一样的负责就是禅。《日内瓦宣言》“不以种族、宗教、国籍、政党、政治派别如何及社会地位的高低来区别对待病人”就是一个最好的禅意。微笑是可以装扮的，但眼神却无法掩饰。强装的笑容不是真正的笑容，装出来的表情不是禅，发自内心的慈善才是禅，因为“人之初，性本善”。从原本想不到，到意识到应该如此，就是一个参悟的过程；从根本做不到，到努力做到的过程，就是一个参禅的过程。久而久之，习惯成自然，心行合一，心静如水，就是一个彻悟。

在我看来，医生的药中有禅、刀下有禅、脸上有禅、眼里有禅。因为医治病人伤病、挽救病人生命的不仅仅只是医生笔下的药，手中的刀，还有真诚的微笑和关切的眼神。医生努力学习、刻苦钻研的过程其实是一个参禅的过程，因为这个过程的动机是为了提高医疗技术水平，更好服务病人。所以，对医生而言，精益求精是禅。但是，仅仅医术精湛还远远不够，还要医德高尚、德艺双馨。古人的“郎中还有割补之心”胜过现代版本的“医者父母心”。俗话说，良言一句三冬暖，恶语伤人六月寒。医生的一言一行、一举一动对病人的康复都有极其重要的影响，所以，医生的言行举止都可以有禅，也应该有禅。

在我看来，认识自己的不足是禅。《左传·宣公二年》：“人非圣贤，孰能无过？”医生也是如此，每个医生都有自己的长处，也都有自己的短处。然而敢于坦承自己短处的人少之又少。如果医生能够认识到自己的短处可能导致病人生命的丧失时，医生就会正视自己的短板，从而将一个自己没有治愈把握的病人转交给另一个更有经验的医生或另一个更好的医院。这件事情说起来容易做起来难，原因有政府、医院及医生三个方面。当地政府、基层医院为了自身的利益，限制病人外转，文人相轻的现象在医生中也有反映。病人来诊时多数情况下是冲着医院的名气而来，对具体医务人员的特长并不了解。因此，为了病人的最佳治疗，医生应该向病人坦承自己的短处，向其他医生请教，及时邀请会诊或者转科、转院治疗。

在我看来，假话不一定不是禅，真话不一定都是禅。医生的服务对象是人，而人是有情感的，人的心理活动是复杂的。

1927年时任中山大学校长的戴季陶先生为医学院题词，要求医生“医病医身医心”。由此看来，医生不仅要治病救人，还要治心救人。俗话说“心病还要心药医”，对一个心理承受能力很差的病人，对一个踌躇满志的年轻病人，恶性肿瘤是一个致命的打击。一份真实的报告呈现在他们的面前时，他们可能当场晕倒，甚至自杀轻生。此时此刻，一个善意的谎言就是真正的禅。2012年，我收治了一位老师，她因为右下腹痛一直当阑尾炎误治两年，在我科确诊为结肠癌后，老师变得惶惶不可终日。一个原本非常注重个人形象的人变成一个蓬头垢面、衣冠不整的人，一个原本非常讲究卫生的人竟然大便后不冲厕所。对这位老师，我真是后悔告诉她真实病情。还有一位病人，她非常担心自己的肿瘤转移，而实际上肿瘤已经多处转移。为了安抚病人，我与影像科医生、病人亲属三人一起商定：写两份诊断报告，一份真实报告用于病历存档，一份虚假报告给病人本人。当病人看到那份虚假报告时，脸上的愁容一扫而光，灿烂的笑容让我永远难忘。

在我看来，敢于为病人承担风险是禅，打破常规不一定不是禅，墨守成规不一定是禅。临床医学是一门实践科学，很多情况下是“摸着石头过河”。任何治疗措施都可能存在风险，外科手术尤为如此。人体的解剖结构远非千篇一律，病人的病情更是千变万化，外科手术有太多的例外与意外。程序合理、结果可悲，程序违规、结果可喜的例子比比皆是。如果墨守成规、所有的一切都按照医疗常规办事，医生可能平安无事，很多病人可能失去治疗机会，医学科学也不可能有真正的进步。如果抱着千年的本本不放，就不可能有现代医学，就不可能有医学的不断发展。糖尿病手术治疗对经典的药物治疗而言是打破常规，微创手术对传统开放手术而言是打破常规，消化溃疡的保守治疗对传统的手术治疗而言是打破常规。只要是为了病人利益的最大化，一切医疗常规均可以、也应该被突破，这才是禅。近三年来，我科收治了一大批80岁以上高龄病人,其中8例90岁以上，最大年龄98岁，经过手术治疗，全部康复出院。这些病人合并多种疾病，年老体弱，手术风险可想而知，如果没有为病人承担风险的禅心，手术治疗是断然不可能的。92岁的刘老太辗转七家大医院、均以手术风险太高而被婉拒就是一个最好的说明。

在我看来，谢绝病人礼物不一定是禅，相反，接受病人礼物不一定不是禅。一些病人因为担心手术风险、手术前会给医生送礼，在当时无法谢绝的情况下，为了病人的安心，不妨将礼品交科室暂且保管，待手术后或出院前退还给病人。这样的做法可能比当场拒绝病人的礼物更有禅意。而且，中国是一个人情社会，不知道有没有人一辈子没有送过礼物，也不知道有没有人一辈子没有收过礼物；医生也是如此，不知道有没有医生一辈子没有收过病人的礼物。我是一个宁可花钱，也不愿欠情的人，接受了他人的帮助，如果未能回赠，自己会寝食难安。茫茫人海，病人中一定有如我一样的人。曾老师是我的一位病人，8年前我为她做了肿瘤手术，老人得知我计划去美国探亲，说要送礼物给孩子。老人第三次给我送来礼物时，我仍然不肯接受。老人说："我80岁了，来回跑几十里不容易，我是真心实意的，您如果还不收，我只能去邮局寄给您了。"这种情况下，是受还是拒，如何才是禅？

我不是禅师，也不是医圣，只是一个俗人。但是，我希望参悟，向往禅定。虽然，我远没有做到一言一语为禅，一举一动是禅。但是，我会努力，努力在医疗实践中参禅，努力在日常生活中参禅。经过努力，我尽管极有可能做不到百分之百的禅定，但是我会努力无限地接近。这，就是我的人生追求，也是我的庄严承诺。

家在何方

Kenny G的*Going Home*夹着冬雨的寒意，从窗外飘进书房，我感到无比孤独、非常寂寞，一种想回家的冲动，一种不稳定的漂浮感突袭心头。

每年冬天，尤其是临近春节，我都会特别想家。但是，今年的回家思绪来得特别早，今年的回家念想来得特别强。我的神经也变得特别脆弱：一曲“回家”，竟然使自己完全迷失，失去了努力的方向；一场冬雨，竟然将自己彻底绊倒，倒在了回家的路上。

回想自己走过的历程，可以借用一篇美文的标题“Home on the Way”来形容，因为它生动地描绘了我的生活足迹。从小学四年级起，我开始离开家乡，到裕丰大队、梅田公社、黄沙区、通山县，然后到武汉、长沙、上海、广州、北京、美国。一路走过，家在旅途。

年轻时，完全不知道什么叫“想家”。不但不想回家，反而想离家出走，越远越好。高中毕业时，我填报了湖南的大学，可是被省内学校录取；大学毕业时，我报考了哈尔滨的研究生，可惜没有考上。当时，我是一门心思地想往外面走，想去看看外面的世界。我是一只天生的候鸟，一个命中注定的行者。每每于筑巢之际，我又做起了新的梦想；每每于歇息以后，我又踏上了新的征途。我本可以在武汉落户，但是自己不满足，到了省会，又想到省外；我本来可以在长沙发芽，但是自己又不满足，想到上海；我本来可以在上海扎根，但是自己还不满足，又想到广州；到了广州，又想到国外。一路走过，越走越远，越走越兴奋。

同千千万万个与我年龄相仿的农村孩子一样，城市户口、城市生活是当时的巨大诱惑，吃饱饭、穿暖衣是当时的奋斗动力。年轻时，自己像一颗种子，哪怕是千里戈壁，哪怕是浩瀚沙漠，我也能生根发芽，开花结果；年轻时，自己像一株竹笋，哪怕是万斤巨石，哪怕是水泥钢板，我也能破土而出，茁壮成长。走到哪里，哪里便是家；自己披荆斩棘，勇往直前，根本不屑回头，也从未想过回头，看看自己越走越长的路，看看自己越离越远的家。有人说，有爱的地方就有家，有牵挂的地方就是家。可是，年轻时我不知道何为爱、何为牵挂，以为没有爱的地方也可以有家，自信没有牵挂的地方也是家。放假时不想回家，假期还未结束，自己的心早就飞回了学校。与城市的高楼大厦相比，家乡的农家小屋显得格外破旧；与城市的鲜花绿草相比，家乡的野花杂草显得格外刺眼。自己甚至一度为农村出身感到羞愧，为农民父母感到遗憾。

博士毕业后，我第一次有了一个独立的住所——南方医院护士楼417室，一间9平方米的房子。一张床、一张桌、一个冰箱，就是自己的全部家当。尽管非常简陋狭小，但是我把它收拾得干干净净、整整齐齐，甚至铺了地板胶。当时的感觉恰如刚学英语时分不清楚“home”与“house”的区别，以为房就是家，家就是房。有了固定的住所后，我的内心世界发生了细微的变化，开始有点念旧、有些恋家了。但是，树欲静而风不止。正当我开始盘腿打坐时，生活、工作的步伐却并未停止，我被迫不停地搬家。在广州，我先后入住南方医院146栋甲门402室、150栋309室、142栋乙门502室，162栋402室。在美国，我的住所变换得更加频繁，先后分别为3506 Beech Ave（Baltimore），2804 Calvert Street（Baltimore），321 West 30th Street（Baltimore），323 West 30th Street（Baltimore），565 Mt.Prospect Ave（Newark），Ivy Hill Park Apartment 150，5 Manor Drive（Newark），以及一个忘了具体街名、戏称“白宫”的地方。2006年3月25号星期六，是一个值得纪念的日子，因为这一天我搬到了现在的住所，第一次有了自己的房子，一个真正意义上的家。

有了孩子后，开始了解父母的养育艰难；过了30岁后，开始体会牵挂；过了40岁后，开始想回家。我的一个分水岭是2006年：作为引进人才，2006年10月我开始了在首都北京的生活，开始了协和医院的工作。北京是祖国的心脏，协和是医学的殿堂，是自己向往已久、医务工作者梦寐以求的地方。短暂的兴奋之后，我开始想家了，刚满3个月，我便辞职回到了广州。这与我以前的义无反顾、阔步向前形成鲜明的对照。此后，我变得越来越恋家。每次到外地出差，极少在外地住宿两夜；办完事情后，哪怕再晚也要回广州。“回家过年”对我变成了前所未有的诱惑，搅得我无所适从，让我寤寐思服。“牛叫猪哼”对我来说变得前所未有的动听，搅得我坐立不安，让我朝思暮想。家乡的河水变得格外清甜。家乡的猪粪变得异常芬芳。

因为是农家子弟，因为是第一代移民，天然地注定了生活的更多艰辛。背城借一，在这个不属于我的城市寻找机会；破釜沉舟，在一个陌生的地方乞讨生活。如此不停地奋斗，不断地努力，我得到了一些看似荣耀的光环，但也失去了许多弥足珍贵的东西。人生就是如此，当我庆幸自己成为城市人时，才发觉自己变成一个镜子里面的陌生人；当我终于为自己筑巢建窝时，才觉得自己仍然是一个过客、一片飘叶；当我自以为找到一片事业的绿洲时，才发现那里竟是灵魂的沙漠、内耗的坟场。在美味佳肴的城市里，家乡的腊鱼腊肉依然是我最爱的美食；在音乐环绕的城市里，家乡的鸡鸣狗吠仍然是我最美的音符；在别墅林立的城市里，家乡的土砖瓦屋仍然是我最好的家园。那个遥远的村子，那条清澈的小河，仍然是我的牵挂，是我魂牵梦萦的地方。那里有我日渐衰弱的年迈父母，那里有我日渐亲切的童年记忆。

可敬的父母在家乡，可爱的孩子在海外，可亲的病人在广州。父母是我的牵，孩子是我的爱，病人是我的痛。我身处一地，心系三方；左右思念，上下彷徨。我分身乏术，左右不能；心不由己，一事无成。一个牵挂、亲情、疼爱相结合的地方才是家；一个事业、生活、家庭相统一的地方才是家。一个可以感受亲情和关爱，一个可以享受宠爱和呵护，一个可以倾听乡音，一个可以洗却凡尘，一个可以舐净伤口，一个可以慰藉心灵的地方才是家。然而，这样的地方在哪里？我的家在何方？

■ 后记

本博文初写于2013年11月10日晚，当天晚上广州大雨，对面的房子正播放*Going Home*，我坐在自己的家中想家。2013年11月29—30日我应邀到福州讲课，晚上自己婉拒了宴请与陪同，在鲤鱼州酒店2号楼2211房间完成了本博文。

待我长发及腰

2013年10月26日，星期六，13：45，老乡小明给我发来一条微信，内容为："你可知道那句'待我长发及腰'原诗有多美？"并附上了原文与回信。

[原文]　待我长发及腰，将军归来可好？此身君子意逍遥，怎料山河萧萧。天光乍破遇，暮雪白头老。寒剑默听奔雷，长枪独守空壕。醉卧沙场君莫笑，一夜吹彻画角。江南晚来客，红绳结发梢。

[回信]　待卿长发及腰，我必凯旋回朝。昔日纵马任逍遥，俱是少年英豪。东都霞色好，西湖烟波渺。执枪血战八方，誓守山河多娇。应有得胜归来日，与卿共度良宵。盼携手终老，愿与子同袍。

我读后立即微信回复小明：衷心感谢您的分享，“待我长发及腰”太美了。并分别以微信或短信的形式转发给数十位朋友。我很少写微信，也极少转发微信。但是，这条微信实在太美了，是自己开通微信一年多来读到的最好的一条，所以，我破天荒地给多位朋友转发。

晚上回家后，上网搜索该诗，我找到了全文，但是没有找到作者。不知道是谁、在什么时候写下了这样婉约而豪放、缠绵而壮美的诗句？妻子的原文和顺柔美，委婉含蓄，悠扬婉转，丈夫的回信豪情万丈，英雄气概，铁血柔情；一刚一柔，刚柔并济，荡气回肠；一阴一阳，阴阳相生，浑然天成；一忠一爱，忠爱两全，相得益彰。尽管我没有找到“待我长发及腰”的出处，但是我认为，它壮丽、动人地描述了沙场将士“感时思报国，拔剑起蒿莱”“忧国忘家，捐躯济难”“金戈铁马，气吞万里如虎”的爱国情怀与英雄豪迈；它深情、细腻地刻画了妻子“相思无日夜，浩浩若流波”“秋风吹不尽，总是玉关情。何日平胡虏，良人罢远征”的无尽思念与绵绵期待。在网上同时发现了一些庸俗不堪、俗不可耐的版本，我实在是没有办法理解怎么会有人对这样的诗句无动于衷，不但没有感动与赞美，反而对其进行非常庸俗、非常低级的改写，那实在是一种亵渎，一种罪过。人间真情、夫妻恩爱、家国情怀在那些人的脑子里面可能是一片空白、荡然无存，他们可能从来没有经历、从来没有品味这些美好的东西。

读罢此诗，想起了自己的经历。在大学即将毕业的五月，我认识了一位女孩。她学业结束后回到了自己的故乡，我毕业后投笔从戎进入军校。随着通信的增多，我们彼此爱上了对方。尽管相距千里远，但是天涯若比邻。写信是当时最为直接、最为重要的联系方式，我们每周一封甚至两封信。军校的生活是忙碌的，自己忙里偷闲，空闲时间几乎全部用来写信；夜深人静，最是思念浓；晚上值班，正是抒情时。军校的生活是枯燥的，每周一次的来信是自己最大的期盼，偶尔的意外收获（来信）会使自己欣喜若狂。收信时的怦怦心跳、急不可耐，读信时的如饥似渴、旁若无人，成为一个年代的记忆，成为一个青春的符号；战友的传阅，同学的分享，成为军校生活的一道风景线，成为军校生活的一个兴奋点。我保留了她第一次通信以来的每一封来信，并在信封正面标明收信日期。十年下来，两人的通信达到数百封，整整一麻袋。自己一直小心翼翼地保存着这些记录了我们青春故事与成长经历的全部书信，以这样的方式表达自己的情与爱。

打电话在当时是一件非常困难、非常奢侈的事情。自己的单位远在荒郊，邮电局（电话站）却在市内，两地相距十余公里，没有公共汽车，进城只能路边拦车或两条腿走路；而且，我们每两周只有一次进城的机会。当时打电话不是拨打号码，而是一站一站地接通单位。我的电话由区电话站接到市电话站，由市电话站接到省电话站，再由省电话站接到地区电话站，由地区电话站接到县电话站，由县电话站接到单位传达室，传达室人员到所在部门叫她到传达室接听电话。打通一次电话最快需要两个小时，长者可能需要一整天，有时甚至无法接通。尽管如此，自己乐此不疲，几乎每月都要打一次电话，为的是倾听她的私语，感受缠绵的情爱；为的是诉说我的牵挂，表达无尽的思念！

读罢此诗，想起了一件往事。1986年6月，我去黑龙江省为军校招生，在鹤岗的部队招待所遇到一位来部队探亲的军人妻子，丈夫远去鹤岗当兵，妻子留在湘西持家。她独自一人带着不满周岁的孩子及家乡的土特产，怀着美好的憧憬与热切的期盼，从凤凰县的一个公社坐手扶拖拉机到县城，由县城坐汽车到长沙，由长沙坐火车到北京，由北京坐火车到哈尔滨，由哈尔滨坐火车到鹤岗，花了十天的时间才到达丈夫的驻地。满以为可以见到丈夫，丈夫可以见到孩子，一家人可以团聚。可是，就在妻子到达驻地的前一天，丈夫外出执行任务。妻子假期已满，丈夫仍未归来。无可奈何，妻子只好留下绵绵的情意、带着漫漫的思念返回老家。一个农村妇女，第一次出远门，万里寻夫而未见，该有多么的不易！该有多么的心酸！听到孩子的哭声，看到军嫂的眼泪，我心痛无比。于是，我陪着母女二人从鹤岗返回哈尔滨，再把她们送上南去的火车。这样的事情今天听起来像天方夜谭，但是在那个年代却并非特例。军人的奉献不仅是战时，也在平时；军人的奉献不仅是自己，还有家人；军嫂的艰辛不仅在古代，也在当代；军嫂的艰辛不仅在身体，还有心理。

壮哉，待我长发及腰；美哉，待我长发及腰！壮哉，军嫂，军人；美哉，军人，军嫂！

2013年10月31日

多彩昆明

周末又要去昆明了，内心充满期待。自己先后到过国内很多城市，喜欢的地方很多，如厦门、珠海、杭州、成都、青岛、北戴河，但是迄今为止令自己向往的城市只有一个——昆明。

自从1996年10月10日第一次去昆明起，自己分别于2005年6月4日、2008年4月24日、2011年8月5日、2011年11月27日、2012年9月22日、2013年7月27日先后7次去昆明。每一次去昆明，自己是期待的；每一次在昆明，自己是愉悦的；每一次离开昆明，自己是不舍的。尽管如此，由于每一次去昆明的目的、时间、地点不同，自己对昆明的感受、印象又不尽相同，可谓多彩昆明。

首先，昆明是纯净的。作为省会城市，自然界的昆明是不是最纯净的、是不是污染最少的，我不知道。但是，昆明人一定是最质朴而纯净的。政治、商业、利益、权力、金钱极大地改变了国人，而昆明似乎是一个世外桃源，昆明人是一个例外，因为昆明人仍然保持着传统中国人的美德。1996年10月10日，自己与周喜朝主任一同坐飞机从广州到昆明，参加第三届全国普外中青年医师学术交流会暨第六届全国普外学术交流会。走出机场、挥手招车，一位女孩子向我们走来，我们有一些惊奇，因为此前没有见过女孩子开出租车，我们三人边走边聊，女孩子主动告诉我们她叫王玲。就这样，我们认识了，并彼此交换了电话，在此后的几天里，我们一直坐她的车。会议结束后，王玲送我们几人去石林旅游，而且不肯收费，我们再三要求，她才收了钱。离开昆明后，我们一直保持电话联系。后来自己多次搬家、出国，把记录有电话号码的小笔记本丢了，就这样失去了联系。后来自己多次到昆明，每每会与当地的朋友讲到此人此事，并委托他们帮助寻找，但均无果。

无独有偶，2011年11月27日，我到昆明参加中华医学会举办的全国普通外科临床新技术应用及手术演示研讨班。由于飞机延误，航空公司安排一辆出租车把我送到昆明市郊的一间小旅馆休息。由于地方偏僻，出租车司机也找不到地方，他边走边问，在距旅馆约200米的地方，由于修路，出租车无法到达。司机下车，帮我拉行李，一直把我送到旅馆。我非常感动，用手机记录了他的车牌号码，可惜那部手机在2012年9月8日到北京参加第七届中国肿瘤学术大会时丢失了，只记得司机是马师傅，车牌号码为云“A T？101”，第三个数字忘记了。

其次，昆明是美味的。中国各地的美食各有特色，四川的“麻”，湖南的“辣”，广东的“鲜”，山东的“咸”。自己没有看过《舌尖上的中国》，不知道里面是否介绍了云南的美食，介绍了云南的哪些美食。1996年10月10日吃罢晚饭，自己与周喜朝主任、吴承堂教授等人一起去逛街，芳香扑鼻的鸡肉香味把我们几人引到了 间小饭馆，服务员热情地向我们推荐镇店之宝汽锅鸡，我们挡不住诱惑，每人要了一份汽锅鸡，一大碗米饭，我们的举动把服务员逗乐了，忙说“你们乡下人真能吃”。我们笑而不语，悉心品尝美味佳肴。一份热气腾腾的汽锅鸡、一海碗米饭下肚，我们寒意全无。记得当时昆明下雨，气温较低，当地人已经穿上了棉衣，我们只穿短袖。

不记得是第二天、还是第三天晚上，昆明的朋友张勇先生请我们几人去滇味城吃饭，我们几人坐二楼，一楼有表演，其中有一位侏儒的表演特别感人。张勇先生请我们吃过桥米线，服务员端来的大海碗把我们吓了一跳，自己从来没有见过那么大的碗，高近一尺，阔近尺半，桌面上摆满了各种各样的食品，我劝朋友少点一点，免得浪费，朋友说这是一份，大家都一样多；我说不可能吃完的，朋友说，不急，慢慢看表演，慢慢吃米线，你一定会吃完。我半信半疑，最后真的把满桌的食品吃个精光。自己一直以来饭量都不是很大，但是，在昆明的那两个晚上，自己异乎寻常。究其原因，不是自己饭量大，而是昆明太美味。

第三，昆明是优雅的。说昆明是优雅的，是有文化品味的，很多人一定不会相信。人们的心目中，昆明是一座边陲小镇，哪来的优雅？哪来的品味？未到昆明之前，我自己也不相信。但是，当你入住翠湖宾馆，当你走进云南大学，当你漫步翠湖，当你拜谒名人故居，你一定会被昆明的优雅震惊，为昆明的品味折服。

2005年6月4日我去昆明看望朋友，朋友带我参观了云南大学校园，校园的美丽、建筑的品位、文化的沉淀、大师的足迹均给我留下了极其深刻的印象。听说，中国最美的大学是武汉大学、厦门大学，但是，在我看来，云南大学与那两所大学不相上下，而其文化沉淀是厦门大学所无法比拟的。昆明的品味与文化不仅见于大学校园，就连昆明的店名、菜名也充满了文化，店名如一米阳光、半边湖、传说、不争朝夕、枫情、漫步；菜名如老奶杨芋、红三剁、孔雀开屏、大救架、过桥米线、玫瑰米凉虾等。

2011年8月5日自己应邀参加云南省医学会临床营养学术讲座。当我走进翠湖宾馆时，被宾馆的欧洲古典格调深深吸引：圆拱楼厅、柔和壁灯、温馨客房、真诚微笑、贴心服务，自己忘记了身在何地，仿佛置身于英伦。第二天一早，自己抽空去了翠湖，在石凳上静静地坐了将近两个小时，葱葱碧绿，习习和风，天人合一，流连忘返，这是从未体验过的事情。此后，我又参观了翠湖里面的自来水博物馆，博物馆建于1917年，距今已有96年历史，里面的西门子机械完好无损，其中的老照片更是慑人心魄。这些拍摄于1910年代的照片，一方面使自己对这些前辈“谋都市人民之健康及社会之消防安全”“注重饮料、裨益卫生、便利人民”、倡议创办自来水厂的义举而感动；二为照片上前辈们的神情、服饰、气质而震惊：看看朱竞的西装、领带、发型，一个风流倜傥、优雅潇洒的绅士仿佛出现在我们眼前；看看聂季媛的旗袍、发型、表情，一个美丽大方、端庄贤淑的大家闺秀仿佛就生活在我们中间。从这张照片，我们可以看出昆明人当时已经非常富裕、开明、优雅了。看看这张照片，想想文革时期的红卫兵装，想想改革开放前的清一色，不知道我们对中国社会的进程有怎样的感慨？即使与近百年后的今天相比，我觉得仍然是有过之而无不及。

这就是昆明，一个多姿多彩的城市，一个值得留恋的地方！

2013年9月11日

社会底层的生活

窗外大雨倾盆，室内孤灯一盏，本该是一个充满诗意的时刻。但是，我的内心却被世事所困，为俗事所累。凉风习习，吹拂夏日闷热；秋雨淅淅，洗却大脑凡尘。但就是在这样的时刻，自己的内心却烦恼不已。

从外甥女慧兰的小食店回来半月有余，自己的内心一直不能平静，一直在牵挂着她。慧兰是大妹妹的大女儿，她的天赋及品格恰如其名：慧且兰，兰质慧性、心兰质慧；贤淑而智慧，幽香如兰草。

2003年初，儿子回广州不久，慧兰即来广州帮助我们。当时她刚刚学校毕业，自己还是一个孩子，却在我家里担当起了一个家庭主妇的角色，小至清洁卫生，大至待人接物，大大小小的事情她都要操心。一个不足20岁的农村孩子把一个城市家庭整理得干干净净，井井有条。期间她结婚生子，把自己的孩子留在了老家，一心帮我操持家务，一干就是十年。十年的青春对一个女孩子意味着什么？2012年慧兰离开我家，到深圳城郊打工。后来，又与弟弟、弟媳一起开了一家小食店。一直想去深圳看看她，但是一直未能成行。本次暑假，儿子从美国回来，7月30日自己特意带着儿子到深圳看望她。我对儿子说，慧兰姐姐带了你近十年，对你的疼爱胜过对她自己的儿子，不论姐姐将来在什么地方，你每次回国一定要去看她，姐姐将来老了，你一定要照顾、孝敬姐姐。

慧兰的小食店大约只有30平方米，尽管狭小，但是整整齐齐，一尘不染。他们早晨7点上街买菜，晚上12点才能回出租屋休息，每天的工作时间长达18个小时，休息时间不足6个小时，而且每月没有一天的休息时间。即便如此辛苦劳作，小店每天只有几百余元的总收入，扣除成本，每月每人的纯收入不足千元。慧兰有两个孩子，我不知道她如何养活一家人，更不用说孩子的教育了。尽管生活负担如此沉重，尽管生活状况如此不堪，慧兰仍然乐观，对生活充满向往，总说将来会好的。尽管经济状况十分拮据，听说我们要去看她，她一大早上街买了最好的食品，还做了我最喜欢吃的腊肉、苕粉粑、鸭蛋圆子，而且还要给儿子送钱。自己看在眼里，痛在心里。与此同时，自己又感到欣慰，并为她骄傲：虽然困难，但是充满信心；尽管贫穷，但是富有爱心。

其实，正如慧兰自己所说，像她这样的人不是少数，比她还要困难的比比皆是。堂妹沙在东莞打工，母亲被检查出宫颈癌，这对一个本来就一贫如洗的家庭无异于晴天霹雳、雪上加霜。她是家里的顶梁柱，是家里唯一的经济来源。尽管如此困难，沙决意为母亲治病，她在给我的短信中说："女儿的嫁妆本来是父母亲准备的，但是我的父母亲年老体弱，无力为我置办嫁妆，我不怪罪，不怨恨我的父母亲。我当初出来打工就是为了减轻父母亲的压力，分担父母亲的忧愁，自己为自己置办嫁妆。现在母亲病了，我要用我的嫁妆钱为母亲治病，母亲只有一个，为了母亲治病，我宁可不嫁。"看到沙的短信，我泪如泉涌，视物模糊，无法读完她的短信。自己病房里曾经有一对小夫妻，妻子不幸患肿瘤，丈夫变卖了房子，从安徽老家农村出发，先后到合肥、北京、上海、武汉、长沙、天津、广州就医，历时近4年。为了省钱给妻子治病，丈夫每顿只吃2个馒头，4年下来，丈夫的体重由160余斤下降为100余斤。尽管如此，丈夫无怨无悔，一心只想把妻子治好。医院手术室有一位担架工，为了送孩子读书，白天在医院工作，晚上到停车场当保安，身兼二职，含辛茹苦。即便如此困难，这些连温饱都有问题的人们仍然不忘关心他人。手术室工人阿花尽管工资微薄，但是却经常在家里做一些好菜带到手术室，与医护人员分享。

2003年8月的一天傍晚，自己漫无目的地沿着南方医院的臭水沟边行走，想看看这条沟通向何方。当天的气温特别高，自己走在沟边满头大汗，无意间，在沟边上看到一间木板与纤维瓦做成的小房子，一家人有说有笑，正在屋外吃饭。自己好奇地走下去看个究竟：小房子不足20平方米，没有厕所，没有自来水，烈日暴晒下的小屋足有40摄氏度，主人来自湖南，在南方医院做清洁工人，孩子在老家读书，暑假来广州看望爸爸妈妈，夫妻两人一月的总收入千元出头。晚餐只有两个菜：一个是炒通心菜，一个辣椒炒肉片。我问父母，孩子来了，为什么不做一些好吃的给他？女主人说，已经加菜了，平时两人每顿只吃一个素菜，儿子来了才舍得买肉的。自己听罢，眼泪脱眶而出。想一想自己的房子，想一想自己的晚餐，想一想自己的孩子，看一看他们的房子，看一看他们的晚餐，看一看他们的孩子，自己有说不清的痛楚、道不明的感慨。

2013年8月15日

端午节断想

端午节期间，我收到很多短信，其中绝大多数是简单的节日问候，极少数短信介绍了端午节的有关文化。正是那些极少数短信，使我产生了一些想法。由于这些想法是碎片式的、不连续的，所以我将本博文命名为《端午节断想》。

童年的记忆

端午节在家乡叫端阳节，童年时代的端阳节是过年（春节）

后一个最值得期待的节日，因为这一天可以吃到新收获的小麦做成的“粑粑”，家乡城镇称为“馍子”，一种类似馒头的面制品。但是，家乡的粑粑与城里的馒头是不一样的：城里的馒头是长方形的，家乡的粑粑是圆形的；城里的馒头是面粉先发酵，做成馒头后直接蒸，家乡的粑粑是用面粉做成粑粑后，发酵一个晚上再蒸；城里的馒头里面没有任何内容物，家乡的粑粑里面可能有馅，家境好一些的可能裹有红糖、白糖或冰糖。在那个食不果腹的年代，可以吃到粑粑，而且是有糖馅的粑粑，无疑是一个巨大的诱惑。除了好吃的，还有好看的、好闻的，那就是艾蒿。端阳节前，家乡的家家户户都会采摘艾条，插在大门的两旁，有些家庭还会在家里的每一扇房门插上艾条。艾蒿特殊的芳香味沁人心脾，承载着童年的记忆，让我永远难忘。此外，家乡端阳节的送扇子习俗也是一件很有趣的事情。每年端阳节来临，已经订婚的男女要相互送扇子，家乡的扇子是棕树叶做成的，称为蒲扇。端阳节那一天，家乡的乡间小道经常可以看到挑着扇子、穿着漂亮的青年男女。家乡的端阳节没有吃粽子、赛龙舟的习俗，直到上大学时，自己才知道粽子、龙舟为何物，真可谓“一地一俗”。

中华民族传统节日众多，但是最有人文内涵的节日我认为只有四个：春节、清明节、端午节、重阳节。其中文化意义最大的节日当属端午节。

忠臣的悲哀

端午节是古老的传统节日，其由来与传说很多，认可程度较高的有源于纪念屈原、纪念伍子胥、纪念孝女曹娥及古越民族图腾祭。其中屈原是春秋楚怀王大臣，伍子胥是吴国夫差大臣，两人均因自己的政治主张得不到国君的采纳而备受折磨，因此自杀身亡。尽管忠臣们、英雄们为后世所传诵，但是在当时他们多无善终。奸臣、流氓们虽为后人所唾弃，但是他们多是当时的胜利者。为什么会产生这样的现象？一言堂、家长制、世袭制、官本位是产生这些悲剧的根本原因。

不记得是谁说过这样的话："没有英雄的社会，就是一个成熟的社会。"伽利略曾经说过："需要英雄的民族是悲哀的。"关心他人、热心公益、精忠报国、相互帮助是一个良性社会国民的基本道德标准与人生准则。自己在美国时，时时刻刻想到要多做好事，遵纪守法，做雷锋一样的人，为中国人争光，结果没有任何人表扬自己，因为那样做是必须的，是基本要求。相反，不那样做就会受到谴责、受到惩罚。一个良性的社会不会有屈原的被流放与自杀，不会有岳飞的被陷害与褒扬。所以，忠臣的存在只能说明当时的社会存在问题，忠臣的不幸实际上是一个民族、国家的悲哀。碌碌无为、唯唯诺诺、平平庸庸、溜须拍马者获得升迁，善其一生；相反，个性明显、聪明能干、敢于担当、实话实说的人多数命运坎坷，不得善终。社会为什么会有这样的反向淘汰？这正是我们需要反思的。

学术的成就

屈原之所以为后人所记，一方面是他的忧国忧民，另一方面是他的不朽诗篇，后者可能是更主要的原因。他从郡都流放到沅、湘流域期间写下了《离骚》《天问》《九歌》等不朽诗作，独具风貌，影响深远。屈原如此，司马迁如此，苏东坡也是如此。屈原流放后写出了《离骚》《天问》《九歌》，司马迁受宫刑后写出了《史记》，苏东坡被贬后写出了《赤壁赋》《后赤壁赋》《记承天寺夜游》和《念奴娇·赤壁怀古》等。我们不妨假设一下：如果屈原没有被流放、司马迁没有受宫刑、苏东坡没有入狱，而是一路平步青云、官运亨通，他们能够写出那些千古名作吗？他们能够像现在一样被后人传诵吗？前人的教训与经验，今天仍然可以仿效。他们的遭遇及学术成就说明一个问题：流芳百世的不是地位，而是学术著作。仕途失意学问补，东方不亮西方亮。天生我材必有用，条条大路通罗马。人生无绝路，道路自己走。仕途失意、学术得意也不是什么坏事情，可能是更好的事情。他们的遭遇及学术成就反过来说明一个问题：做学问需要一个寂寞的环境与痛苦的过程。轰轰烈烈、丰富多彩、花花世界似乎是学术成就的天敌，伴随学问而行的是寂寞，是清心寡欲，是全神贯注。

文学著作如此，科学研究更是如此。耐不住寂寞、受不了孤独，就进入不了科学的殿堂，永远只能在殿堂外徘徊。当前社会人心浮躁、急功近利，伪学问、伪学者多如牛毛，真学者、真学问则凤毛麟角。但是，就是那些忍受得了清贫、耐得住寂寞、凤毛麟角的少数才是社会的真正脊梁。

2013年6月12日

想要恨你不容易

2013年2月20-23日，我应邀到日本石川（Ishikawa）县金泽（Kanazawa）市参加日本第28届肠外肠内营养学术会议，并作“Clinical Nutrition in China”的专题讲座。这是自己第二次去日本，上一次是2007年2月6-11日，去日本爱媛（Ehime）县松山（Matsuyama）市参加日本第22届肠外肠内营养学术会议。两次去日本，虽然时间不同、地点不同、心情不同、身份不同，但是，感受相同。

守时。这是日本人留给我的第一印象。2007年2月6日我们一行人走出大阪机场、到达机场巴士站时，巴士司机看见我们到了，并没有等待我们上车，而是直接开走了。大家都有一些不解，我本人则认为是日本人的敌意，心里直骂“小鬼子”。日方接待人员可能看出了我们脸上的不满，连忙解释说：开车的时间到了，司机必须开车，否则下一站会迟到。并让我们稍等，说下一趟车一定会准时到达。在我们半信半疑之际，机场巴士按规定时间准时到达，分秒不差。尽管这样的守时在我们中国人看来有些刻板，但是日本人就是这样刻板地守时。

干净。日本的干净可以与瑞士等欧洲国家相比。考虑到日本的人口密度问题，日本的干净实际上可能胜过瑞士。2013年2月22日下午，我们一行四人（日本的Akira Momii，中国台湾的张子明，大陆的冯予春及我本人）参观了金泽市的著名公园——兼六园。给我留下深刻印象的除了兼六园的设计精美、风景迷人、管理有序外，还有一个耀眼的特点是干净。我们从入口到出口沿公园环绕一周，偌大一个古老的公园居然未见一片落叶、一点垃圾，不能不说令人惊奇。

认真。中日两国均是深受儒家文化浸染的国家，不知道两国国民的认真态度为什么会有如此巨大的不同。写本博文时，我以28jspen@convention.co.jp在Hotmail邮箱做了一次搜索，发现本次会议从接到邀请到返回广州，自己先后收到日方邮件58封，加上被自己删除的邮件，有可能高达近百封。日本人做事情的认真由此可见一斑。自己也经常举办会议，也以认真自诩，但是与他们相比，实在是相形见绌。日本人做事情的认真是发自内心的、自觉的、由内而外的，是内心世界的外化，真有“慎独”的味道。

上进。2007年第22届、2013年第28届日本肠外肠内营养学术会议分别有7000余人及10000余人注册，而且是自己掏钱参加会议，其学习精神令人动容。日本的人口2亿人，我们的人口是14亿。按2013年第28届日本肠外肠内营养学术参加会议人数与人口总数的比例，我们的肠外肠内营养学术会议应该有70000人参加会议，但是，我们的会议实际上不足千人，而且借开会之名、行旅游之实大有人在。

友好。与日本人有过深入与密切接触的人大都会认为日本人是友好的。我说这句话可能是犯了大忌，但是现实就是如此。你请日本人吃一顿饭，日本人一定给你一次更加丰盛的回请。

我本人有不少日本朋友，他们对待我是友好、热情而真诚的。2007年2月6日，我在日本大阪的酒店里遇到了一位身着灰色风衣、左手提黑包、右手拿长伞的绅士，他就是Akira Momii先生，我们一见如故，情同手足。本次赴日本讲学，Akira更是全程陪同，多方照顾。2月20日先生亲自到小松机场接我，23日又亲自去小松机场送我。尽管先生长我多岁，按理说我是应该照顾他的，但是Akira反过来对我体贴入微，关心备至。

秩序。2007年第22届日本肠外肠内营养学术会议时，我们看到一个惊人的现象：7000余人依次排队，队伍的前头在会议中心三楼，尾端在一楼门外。我们不知何故，跑到楼上看个究竟，原来是大家在排队拿饭。我们实在是感到震惊，于是詹院长用相机拍照记录了这一壮观情景。7000余人排队，我们没有见到插队现象，没有见到领导专用窗口，这就是现实的日本。日本的有序还表现在他们的政治上，尽管日本首相走马灯式地变换，但是日本的社会管理、人民生活一如既往，没有见到半点乱象。

服务。在自己亲身经历的世界范围来讲，服务意识最好的国家与地区并非只有日本，我们的香港、台湾及广东地区的服

排队就餐

务意识也非常好。但是，就服务质量与水平而言，日本的服务质量是非常好的。2月20日晚上，我抱着试试看的心理到宾馆前台询问有无电脑插头转换器，服务员说有，并马上拿了一个给我，我问要多少押金，服务员说不需要，使我深感意外：一是有转换器，二是不要押金。自己多次借宿多国酒店，备转换器的不多，即使有，均需要押金或记录在案。

2月23日由于器械原因，我们的飞机在小松延误，到达东京成田机场时，已经是16:50，距我们回广州的航班起飞时间只剩下20分钟，我以为肯定赶不上了。当我走出小松至东京的航班机舱时，看到全日空公司服务员举着自己的名字牌在等候，她带着我过安检，出海关，一路飞奔，大汗淋漓，终于顺利登机。回想自己2012年10月7日在洛杉矶的南航误机经历，再看看这次的全日空公司的周到服务，言语与文字的评价显得多余。

日本与中国虽然是近邻，但历来有诸多摩擦。但是，如果我们仅仅因仇而仇，仅仅因恨而恨，仅仅将仇恨停留在仇恨上，我们将永远不可能有雪耻之日，不可能有真正的强大。我们冷静分析一下每次日本侵略中国的时机，便不难发现：国力贫弱，内乱不断，外敌入侵正当其时。“落后就要挨打”“内乱就有外侵”是鲜血换来的教训，“弱肉强食”是自然与社会的生存不二法则。子曰“三人行，必有我师”，号召我们“以友为师”。我们应该认真而虚心地学习日本的优点，尤其要学习日本民族精神的精华。只有实事求是地分析原因、找出差距、奋发图强，我们就能迎头赶上。抵制日货、打砸日车是最低级、最幼稚、最愚蠢的做法，最高级、最成熟、最聪明的做法应该是学习日本优点，超越日本。

如果问，对日本除了仇恨之外还有什么的话？我个人认为日本是值得尊敬的，更是值得学习的。

2013年3月12日

病人是本书

病人是本书，一本活生生的百科全书。

病人是本书，书中有最珍贵的医学知识。临床医学，尤其是外科学，是一门实践科学，医生是在医疗实践中成长的，所以才有“看一百次，不如动手做一次”之说。医生是病人培养出来的，医生真正的老师是病人，而不是在课堂上讲课的教师。教科书里学到的知识是共性的，而每一个病人是特殊的；同一种疾病，不同病人其临床表现可能不同；相反，同一个病人，不同疾病可能有相同表现。有人说“良医救人，庸医杀人”。实际上，没有医生是不犯错误的。良医与庸医的区别，不是良医不犯错误，而是犯错误的多少，以及从错误中学到了什么。做医学生时，我们从解剖学标本上看到的组织器官是死的、是静态的，而病人是活的、是动态的。我第一次单独做阑尾切除术时，因为找不到阑尾，只好请住院总医生来指导。几十年过去了，我仍然清楚地记得住院总医生的训话，“这不是阑尾吗？阑尾出来找你了，它认识你，你不认识它”。阑尾切除术是一个简单的初级手术，所有的医学生几乎都学过、做过阑尾切除术，但是在实际临床工作中的误诊、误治仍然屡见不鲜，究其原因是没有认真“阅读”病人。所以，临床医生要认真阅读病人，读得越透，诊治越正确，读得越多，经验越丰富。读病人不同于读教材，他要求医生详细询问病史，认真检查身体，深入了解病情。一名良医一定是一位认真阅读病人这本书的读者。

病人是本书，书中有珍贵的人生体验。人生考验，莫大于生死；对疾病的恐惧，莫大于恶性肿瘤。人吃五谷杂粮，哪能不生病。但是，生病后的态度、表现则千差万别。对待疾病，有人消极，有人积极；对待肿瘤，有人悲观，有人乐观；对待不幸，有人抱怨，有人承受。1998年我为一位直肠癌合并肝转移的患者实施了手术，尽管肝脏病灶不足1厘米，但是从分期上她已经是第四期了。2012年底她来复查时仍然非常健康，无任何转移或复发表现。我问她有什么秘诀，她说先生是领导干部，对家属要求严格，手术后不到一个月，即回到单位上班，一直工作到正常退休。病人爱好运动，每天晚上坚持街边跳舞一个小时。我问她是否经常担心恶性肿瘤复发转移，她说工作太忙、运动太“high”、家务太多，根本没有时间考虑。Z小姐是一位刚过20岁的女孩子，腹部恶性肿瘤经历4次手术，每次来住院时都是笑容满面，乐观无比，病人最后一次来住院时，已经全身多处转移，生命危在旦夕。我告诉她已经没有机会再次手术时，她反过来安慰我：“没关系，不要难过，我要独自去香格里拉旅行，找一个圣洁、安静的地方死去。”W先生是一位腹膜后肿瘤病人，由于肿瘤侵犯神经，病人疼痛无比，但他紧咬牙关，一声不吭，默默忍受，以免影响其他病人休息。仔细“阅读”病人，我们一定会常常感动、时时感悟，会倍加珍惜生命、快乐生活、善待自己。

病人是本书，书中有珍贵的社会阅历。每个人的家庭背景、成长过程、生活环境、工作经历不同，所以，每个人的生活态度、社会观点、价值取向不同，病人也是如此。F老先生本是大学老师，抗日战争爆发后，先生积极响应“十万青年十万军”的政府号召，投笔从戎、杀敌报国，并多次荣获勋章。1949年后，先生的抗日义举不但没有得到褒扬，反而因为曾经的国军经历受尽折磨。先生来住院时已经是95岁高龄，我问老人是否后悔，先生没有直接回答，而是说“如果日寇再犯，我虽然不能冲锋了，但是我可以替青年人挡子弹”。Z女士，早年与丈夫一起从美丽的杭州去到千里戈壁，投身我国第一颗原子弹的研究工作，退休后回到杭州。国家没有为他们安置住房，他们自己买不起房，只好来广州与子女同住。老人身患恶性肿瘤，单位要求她回杭州治疗，考虑到杭州没有子女照顾，老人选择在广州治疗，因此单位只予报销部分治疗费用，我建议老人打报告向政府部门说明情况，老人说不愿意给国家添麻烦。自己的一位同乡，长期在深圳打工，得知自己身患绝症后，毅然放弃了治疗，说“与其花几万元治病，还不如把这些钱留给孩子”。C女士是一位加拿大华侨，住院期间她看到医院的病人衣服不够方便，于是自己设计、自己掏钱为病人做了几百套衣裤。Y先生住院期间看到科室的微波炉及电脑不够，出院后主动为科室送来微波炉及电脑。实际上，每一个病人，尤其是老年病人，都有自己的故事，就看医生是否愿意听、愿意看、愿意读。

病人是本书，书中有珍贵的专业知识。人人都会生病，因此医生会遇到各种各样的病人，而每一个病人都有不同的职业与专业。阅读不同专业、不同职业的病人，会学到很多不同专业的知识。Z女士是大学中文系教授，她送了一本叶嘉莹前辈亲自签名的《叶嘉莹说初盛唐诗》，读后使我对初唐及盛唐诗人的政治、文化、生活背景有了更多的了解，对“隐”与“仕”有了更深刻的认识。X先生与H先生分别是抽象派、写实派画家，我先后两次参加了他们的画展，画展时他们给我讲述了不同画派的产生及其演变。C先生是一位桥梁专家，他给我介绍了很多桥梁知识，并带我到黄埔大桥施工现场参观。S先生是一位地理学家，住院期间教了我钟乳石、溶洞、喀斯特地貌的一些知识。L女士是一位蜡染专家，她带我参观了蜡染的整个工序，还让我自己动手制作了一件蜡染T恤。Z先生是一位著名哲学家，他送我一本自己编写的《西学中的夜行》，读后使我对西方文化与中国文化的关系有了进一步的认识，从而更加认同“儒法表里，道一贯之”“道法自然、出神入化”。

病人是本书，就看医生是否愿意读。关于书籍的价值及读书的意义，历朝历代、国内国外都有很多精辟的论述，其中以宋朝皇帝赵恒的《励学篇》流传最广，“富家不用买良田，书中自有千钟粟；安居不用架高堂，书中自有黄金屋；出门莫恨无人随，书中车马多如簇；娶妻莫恨无良媒，书中自有颜如玉；男儿欲遂平生志，五经勤向窗前读”。用现代理念去解释就是“开卷有益”、“读书改变命运”。我想，即使时至今日，乃至是100年后，1000年后，用皇帝赵恒的话来鞭策自己、规劝学生勤奋读书仍然是合适的。

认真阅读病人，可以积累更多的经验，收获更多的知识，从而更好地为病人服务。一个医德高尚、医术精湛的医生一定是病人这本书的一位优秀读者，一位认真的读者。医生服务的对象是生病的人，人是有思想的，所以要求医生既要有精湛的医学专业知识，又要有丰富的社会科学知识。既要读懂病人的疾病，还要读懂病人的心理。只有不断阅读病人这本书，真正读懂病人这本书，才能成为一个优秀的医生。

病人是本书，一本永远读不完的书。

■后记

本文完成并上传于2013年2月19日凌晨美国Notting Hill，笔者随即离开Notting Hill，从Raleigh Durham飞San Francisco，然后飞Tokyo Narita，接着飞Komatsu，朋友Akira在Komatsu迎接并陪自己坐车到Kanazawa。自己应邀参加第28届日本肠外肠内营养学术会议，并做专题讲座。2月20日晚0:52修改于日本Kanazawa Nikko Hotel 2204房。

Right Here Waiting

2012年10月22日上午，我应邀去花都人民医院为一位老年直肠癌患者手术。在科室交完班后，即随患者家属直奔花都。来接我的是一位青年，车至中途，他打开音乐播放器，一首英文歌曲吸引了我，而且越听越痴迷。我不由自主地跟着歌曲哼了起来，那青年善解人意，懂我心情，一直循环播放。随着音乐的流淌，我想起了大学时代风靡一时的长篇小说《第二次握手》，想起了美国留学时导师Barbul教授送给自己的图书*Waiting*。我问歌名，他说不知道，我请求他帮忙查一查。

手术非常顺利，全程不足2小时，曹主任留我吃午饭，我一心想着那首歌，婉谢了他的好意，回到科室迫不及待地上网搜索，以歌曲的关键词“waiting for you”从百度上搜索出来好多不同的歌曲，自己一一试听，都不是车上听的那首。我很是伤感与失望，想与青年联系，但是没有他的电话号码。

此后，那首歌一直在脑海里萦绕，挥之不去，几天饭不香、眠不沉。10月29日星期一，整整一周后，13:51我收到青年人发来的短信，“教授，上周在我车上听的歌名是*Right Here Waiting*，歌手是Richard Marx”。我喜出望外，一是以为他早将该事情忘掉了，二是怕他也找不到。随即给他回短信：“太感谢了，我一直在找，但未找到。”我如获至宝，迫不及待地上网搜索，终于找到了那首让人牵肠挂肚、日思夜念的歌曲：

Right Here Waiting

Oceans apart，day after day，

and I slowly go insane.

I hear your voice on the line，

But it doesn't stop the pain.

If I see you next to never，

How can we say forever?

Wherever you go, whatever you do,
I will be right here waiting for you;
Whatever it takes,
Or how my heart breaks,
I will be right here waiting for you.

I took for granted all the times
That I thought would last somehow.
I hear the laughter,
I taste the tear,
But I can't get near you now.
Oh, can't you see, baby,
You've got me going crazy?

Wherever you go, whatever you do,
I will be right here waiting for you;
Whatever it takes,
Or how my heart breaks,

I will be right here waiting for you.

I wonder
How we can survive this romance,
But in the end
If I'm with you
I'll take the chance.
Oh，can't you see it，baby，
You've got me going crazy?

Wherever you go，whatever you do，
I will be right here waiting for you;
Whatever it takes，
Or how my heart breaks，
I will be right here waiting for you.
Waiting for you.

我迅速把它添加到博客音乐播放器里，并移位到第一首歌。此后，自己经常反复聆听并学唱。11月13日晚上，在韩国首尔Samsung-dong的咖啡厅KALA里，我与韩国Dooshan集团的黄

先生、美国的Tao 博士一起第一次唱了该曲。12月的一天，朋友芮Y看到我在随播放器学唱*Right Here Waiting*，感到好奇，连连发问，我笑而未答。其实，除了歌曲的优美拨动了心弦之外，除了让人想起苏冠兰与丁洁琼的爱情故事之外，歌词的真情更引起了强烈的共鸣，“waiting for you”似乎唱出了曾经的心声。自己不顾芮Y的“讥笑”，我行我素，陶醉于音乐中，沉浸在故事里。

寒冬的一天下午，几个女孩搀扶秋红来外科住院，经过手术治疗，秋红很快恢复了。出院的那一天，住院医生夏炎带着莫名的不舍目送秋红离开。又一天下午，夏炎上街修手表，恰巧遇到秋红，夏炎感到非常意外，原以为永远不会再见了，因为两人未曾留下任何联系信息。秋红放弃了自己要办的事情，陪着夏炎一直到手表修好，随后两人一起到秋红的学校吃晚饭。当时没有出租车，公交车未直通两地，只有集体宿舍一楼收发室里面的一部电话，联系相当不便。新年到了，秋红说学校有新年舞会，约夏炎参加，秋红说：“今天晚上你一直陪我跳舞好吗？不要松手，以免别人请我。”尽管夏炎不会跳舞，两人一直相拥到舞会结束。元宵节秋红约夏炎到学校吃饭，吃饭时她说：“我一整天都在忙碌今天晚上的晚餐，买糯米粉、买白糖、买芝麻、做汤圆，我们家乡的规矩是客人吃完主人的全部饭菜，主人才高兴，说明主人做的饭菜好吃。”夏炎感动不已，竟然将一大窝汤圆全部吃完。秋红大学毕业离校的那一天，夏炎突发疾病住院，而且竟然近一月之久。不一月，秋红去了美国留学，所有的一切随风飘去，未曾再见，只留下无尽的思念。尽管流年似水，渐渐改变了岁月的模样；尽管时光如刀，渐渐销蚀了过去的记忆。但是，在最深层的心底，夏炎不时会想起短暂而美丽的曾经，甚至偶尔会泛起一丝“waiting”的念头。

人生是一次“one way trip”，不能返回。曾经的心动，懵懂的情感，如东去的流水，永不复还，而惆怅的回忆却不时在脑海里翻滚。为一首歌而伤感，为一句话而感动，为一件事而动情，为一个故事而流泪，实在不应该是一个男子汉的所为，更与自己的年龄不相称。但是，没有办法，天性如此，命运注定。

国内将此歌译为《此情可待》，这个译名对Richard Marx本人是合适的，因为那些令人心醉而且心碎的表白——“If I see you next to never，How can we say forever？”倘若此生再难相见，又怎能说和你长相厮守？“Wherever you go，whatever you do，I will be right here waiting for you；”无论你去哪里，无论你做什么，我会一直在这里等你。“Whatever it takes，Or how my heart breaks，I will be right here waiting for you.”无论付出多大代价，无论我多么心碎，我会一直在这里等你——深深地感动了Richard Marx心仪的女孩，赢得了少女的芳心。但是，现实生活中的多数人可能没有Richard Marx那样幸运，更多的可能犹如歌名直译“Right Here Waiting”，在此等待。歌词的誓言更可能是一厢情愿，等待的结果更可能是苦果自赏，从而可能引发“此情真的可等待么？多少人愿意等待？多少人又值得等待？”的疑问。然而，真正的爱情有超越物质的高尚，有穿越空间的魔力，有逾越时间的古典。只要此情值得等待，只要此人值得等待，就一定会有人愿意等待，就一定有人“right here waiting”（在此等待）。

2013年1月22日

种瓜得瓜

前几天晚上，我们10余人在一起吃饭，其中有L老师、我本人、S医生。L老师与我，我与S医生上大学的时间恰巧均是相差22年，可谓老中青三代大学生的代表。不记得是什么话题，引起了饭桌上的一些人对当代大学生的担忧、抱怨与批评。其中一位仁兄甚至认为当代大学生普遍缺乏四个东西，即：缺乏远大革命理想，缺乏集体主义思想，缺乏国家责任感，缺乏历史使命感。我完全不认同此君的观点，想一想汶川地震救灾的青年志愿者，想一想奥运场上拼搏的青年运动员，我们就可以明白此君的看法有偏颇之嫌，有失公平。但是当时不便、也不愿与他在饭桌上争执，遂寄文章谈谈自己的看法，借此回复此君，希望他能看到本文。

L老师是老一辈大学生，1957年上大学。他说，上大学时自己不用掏钱，完全免费。因为没有经济负担，所以家庭没有任何压力，只有无比的荣耀。读书期间，他的全部精力放到两件事情上，即“又红又专”：听毛主席的话，积极参加一切政治活动，政治上要“红”；好好学习，天天向上，做毛主席的好学生，学习上要“专”。当时，在他的心目中，毛主席是救星，他得到的任何福利，包括免费读书，都是毛主席给的。毕业时学校根据学生的家庭出身、本人表现及学习成绩分配工作单位，不存在走后门、送礼问题。大学毕业时，L老师没有一分钱的债务。

我本人算是中年大学生，1979年上大学。没有恢复高考，就没有我上大学的机会。当时，国家实行助学金制度，由于家庭困难，我享受甲级助学金及甲等生活费。国家每月发送14.5元生活费（1981年涨到17.5元）、3元零用钱，自己只需要出教材费。当时的社会非常重视教育，大学生因此获得了全社会的尊重与敬仰。因为得到了国家的恩惠，我知恩图报，一心一意努力学习，专心致志为国读书。毕业时，学校划了一条留校分数线，5年平均成绩85分以上者可以留校工作，不论家庭背景如何强大，分数不够不能留校。我放弃留校，选择了参军。毕业后我第一年的工资是每月69元（地方工作的同学是52.5元），比当时县委书记的工资还要高。每月交15元伙食费，留4元零用，剩下50元存银行。不到一年，我还清了全部债务。至今仍然保留着一生中的第一个银行存折——长沙丝茅冲的农业银行存折。

S医生是青年大学生，2001年上大学。他说，他读大学给家庭带来某些光荣的同时，也给家庭带来了沉重的经济负担，可谓喜忧参半。每年的学费是8000元，每月的生活费为600元。5年下来，他累计花费了近10万元，这对一个靠种田谋生的农民家庭来说无异于一个天文数字。上大学时他背负学习、经济及就业“三座大山”的重压，几乎喘不过气来。他的远大理想被现实蚕食了，他的青春热血被社会浇凉了。他看到的只是父母亲的艰难。为父母亲读书是他的原动力，为一份好工作读书是目标。他想报答的唯一或第一对象是父母亲，而不是其他。他说，毕业找工作“一靠背景、二靠送礼、三看长相、四看成绩、五看特长”。2006年大学毕业时他负债近5万元，毕业后前3年他每月的工资不足2000元，到吃饭的那一天为止，他仍然还有近万元的欠债。为了还清债务，他不敢继续深造，害怕增加新的经济负担。

俗话说“种瓜得瓜，种豆得豆”。世界上没有无缘无故的爱，也没有无缘无故的恨。看看上面老中青三代大学生的求学经历，我们是不是就可以比较容易地理解三代大学生的世界观或人生观了？《广州日报》2009年12月3日第三版用显著标题《排队4小时，面试几分钟》报道了广州大学城广东高校本科生招聘会的状况，不知道让人产生怎样的遐想？不知道给人留下了多少想象的空间？在责怪当代大学生“四个缺乏”的时候，我们是不是可以想一想他们为什么缺乏？我们是不是可以问一问社会给了他们什么？在孩子小的时候，我们如果不疼爱我们的孩子，到我们老的时候，我们还有理由期待孩子孝敬我们吗？我们在抱怨孩子发育不良、营养不良的同时，能不能想一想我们自己的责任？

L老师上大学的20世纪50年代、本人上大学的20世纪70年代，国家的确非常穷，的确非常难。据说1977年恢复高考时，偌大一个国家连印刷考试试卷的白纸都没有。但是，就是在那样困难的情况下，国家仍然给了我们尽可能免费的教育，给了我们尽可能公平的机会，所以我们对国家心存感激，一心想要报效祖国。再看看现在，国家越来越富，按理说，现在的学生应该享受到国家更公平、更便宜的教育；按理说，青年一代应该比老一代、中一代享受到国家更多、更大的福利。但是，实际上现实情况如何呢？山重水复疑无路，柳暗花明又一村！“十八大”召开了！从习总书记任职以来的若干讲话及一系列行动，我们清楚地看到了他对人民的真心热爱。我自己真切地感受到了国家的希望、青年的盼头。我们有理由相信今后的大学生会得到国家更好的呵护，我们有理由期待青年一代会更加热爱自己的祖国。

2013年1月15日

故乡越来越遥远

今年清明节回家祭祖归来，心里很不是滋味。随着年龄的增长，尽管自己的思乡情绪越来越浓烈，但是感觉故乡越来越遥远。

自己小学三年级前，家乡属于永丰大队，后来与裕丰大队合并成为双丰大队，原永丰大队小学只保留了一至三年级，于是自己小学四年级开始即离开自己的家乡，并且越走越远。小学四至五年级到原裕丰大队泉唐王小学读书，小学毕业后到梅田公社读初中，然后又去黄沙区读高中，高中二年级下学期到通山县城读书，读大学到了武汉，读军校去了长沙，读研究生到了上海，博士毕业后来到广州，博士后又去了美国。一路走过，离自己的家乡越来越远。

小学四年级前，自己一直在家乡，在父母亲身边。小学四年级至高中二年级的几年时间里，自己是每星期回家一次，从高中二年级下学期开始一直到博士毕业是每学期回家一次，寒暑假也基本上在家乡度过。毕业工作后回家次数越来越少，在家乡居住的时间越来越短。近几年由于工作更忙，事情更多，回家次数更少，居住时间更短了。每年只是清明节回家一次，最长时间也只是住两晚。而且由于父母亲随弟弟一起到了县城居住，自己有很多年没有回到老屋居住了。但是县城不是我的牵挂，故乡才是我的思念。以前回家时，虽然不能在老屋居住，但是总会开门进去看一看，坐一坐，偶尔也会在老屋煮顿饭吃。今年清明节，父母亲未回老家，不知道什么缘故，自己竟然连老屋都未进去，更别说是吃饭、居住了，回想起来，内心无比酸痛。

每次回家，不断有人告诉我，某某公婆、某某叔婶、某某哥嫂去世了。今年清明节回家，又遇伯母去世。老人逐渐故去，自己熟悉的乡亲越来越少，不认识自己的人越来越多。本次回家，自己给家乡学子捐了一点钱，老师问他们是否认识我时，他们都说不认识。时间侵蚀了自己的童年，随童年而去的是记忆；年轮吞噬了自己的乡亲，随乡亲而去的是牵挂。或许有朝一日，自己很有可能会成为故乡的客人。当我肃立在自己祖先的墓碑前，真有“人世才一日、地府已千年”的感慨。生死是如此之亲近，阴阳是如此之遥远。人间精彩，阴曹凄凉；人生苦短，黑夜漫漫。想到墓穴里面的祖先，自己脑海里自然泛起一声问候：“我的祖先，您可好！”如果时光真能穿越，我真想回到明朝，回到清朝，回到民国，向你们当面问候！

每次回家，除了看望亲人祭拜祖先外，自己还想品味家乡的美食，如腊肉、土鸡、苕粉粑、糯米饭、鸭蛋圆子、铁窝米饭等。遗憾的是，家乡几乎没有人耕地种田了，养猪养鸡的也越来越少，甚至会做家乡传统菜肴的主妇也越来越少。本次祭拜曾祖父、高祖父时，经过自己童年经常往返的上垅，看到当年肥沃的稻田已经杂草丛生，内心有一种说不出的无奈。当城镇人越来越“土”，向往返璞归真的田园生活时，乡村人却越来越“洋”，追求五谷不分的城市生活。于是，家乡的美食成为一种传说，成为一个记忆。

每次回家，我总想与亲人谈谈心、聊聊天，说说过去的往事，聊聊未来的憧憬。但是，每次回家都似乎没有机会，愿望一次都没实现：一是兄弟姊妹天各一方，很难聚拢；二是时间不宽裕，不容久留，刚刚坐上家乡的木凳，又踏上返程的火车；三是亲友热情，吃喝不断。结果，我每次都是装满一肚肥肉，带着一身酒气回广州；撂下一堆酒话，留下一脑悔恨在家乡。

本次回家，顺良叔告诉我，家乡现在赌博成瘾、“买马”成风，成了著名的“赌村”。以前“晨兴理荒秽，带月荷锄归”的景象不再；以前“茅屋闻读声，泥土飘书香”的宏愿不再；以前民风淳朴、村规严格的村庄不再。故乡已经远去，记忆成为往事。我心急如焚，杞人忧天。我把这种情况反映给当地政府官员，但是我的努力显得苍白无力，结果是自寻烦恼。

我村始建于明朝，清朝中后期达到鼎盛，是远近闻名的富裕村庄，家乡祠堂门匾上的“万石名家”就是最好的说明。全村四十余户全部连成一片，雨雪天跑遍全村各户，头不顶笠、鞋不沾水。一个大门进，五个耳门出，六门关闭，恰如客家围屋，坚如城堡。本次回家，看到原来成片的村庄已经坍塌过半，只剩下几间孤零零的破房在风雨中飘摇，自己心中有一种说不出的凄凉。

2009年清明节期间，应我之邀，朋友王建新先生出厚资为我村捐献了20余棵雪松树，分别栽种在村门口，村边及后山祖坟旁。由于无人照顾，如今只剩下4棵成活。它们不仅是植物，也是友情，更是思念。可能是因为它们身上承载了太多，不堪重负。而今，这些雪松的故去，不仅带走了王先生的情谊，更带走了本人的期盼。

呜呼，我的故乡！无可奈何花落去，落红有意水无情；满目山河空念远，垂泪自叹枉多情！

2012年4月24日于美国 Notting Hill

《读者》送哪里

知道你喜欢《读者》，所以，你每次来医院住院时，我都会特意在执信南路OK便利店或者是中山二路兴业银行对面的报刊亭里给你买一本《读者》；即使是到外地出差时，遇到《读者》我也会顺便给你带一本回来。看到《读者》带给你的快乐，看到《读者》分解你的忧愁，看到《读者》转移你的苦痛，我全身心都高兴。

2011年12月1日下午，梁虹来短信说，“姐姐于14：53心跳停止，她累了，永远睡了”。看到短信时，我正在办公室里与患者家属谈话，我无法控制自己的情绪，急急冲向洗手间……作为主管医生，我知道你的病情，知道总会有这么一天，心理上也是有所准备的。但是，当这一刻真正来到时，自己仍然无法接受。不能接受你的突然离去，不能接受你的不辞而别，不能接受你的“不守诺言”；我不能饶恕自己的爱莫能助，不能饶恕自己的无力回天，不能饶恕自己的未能施救；我恨疾病的险恶、噬虐英年，恨上帝的无仁、妒忌英才，怨生命的无奈、人生苦短，怨命运的不公，善恶不分。

2010年1月6日中午，手术室护士打电话给我，说妇科杨主任手术台上发现外科问题，请求会诊，就这样成就了你我之间的缘分。我急忙赶到手术室、洗手上台，手术并不复杂，但是由于需要切除的部位较多，耗时较长，上午9:20开始，15:45结束。手术后由手术室直接转外科治疗。先后15次住院期间，你以慑魄的优雅、淡淡的忧郁、由衷的善良、真诚的美丽、高贵的气质、娓娓的语言感染了你的全体病友，感动了全体医务人员，让大家从心底里直生爱怜！2010年1月25日第一次出院时我们两人约定“80岁时拄着拐杖、披着白发、带着皱纹、缺着门牙来拥抱一次”，难道你忘记了？

你是否记得？为了鼓励你，我给你讲了国内外很多癌症病人的真实抗癌故事，包括上海一位33岁接受手术、80岁仍然健在的直肠癌患者。你是否记得？为了鼓励你，我给你介绍了在本科室接受治疗的好几位远远比你年轻的肿瘤病人，如ZWF，一位24岁、历经3次手术但是非常乐观的晚期癌症女孩。你是否记得？为了鼓励你，我给你介绍了一位刚刚接受手术的95岁肿瘤患者FZY老人，还让你去看看他老人家，要你学习老人的坚韧。你是否记得？为了鼓励你，我给你介绍了我自己1998年手术的一位河源直肠癌并肝转移患者，并把她的电话号码给了你，让你向她学习取经。您是否记得？为了鼓励你，我介绍了一位与你同时手术、同样疾病、同样年龄的病人MH与你相识，并让你们保持联系，相互鼓励。你是否记得？为了鼓励你，即使是在肿瘤严重进展的情况下，我仍然反复坚定地对你说“我有信心”，并与你弟弟一起特别做了一份善意的虚假PET-CT报告。你是否记得？为了鼓励你，有一次你说吃不下饭，我特意请你去中山二路与执信南路交界的绿茵阁吃饭，你说“本来一点食欲都没有，不知道为什么今天中午吃了这么多”？你是否记得？2011年1月12日，你发现腹部肿块来科室找我，下午17：30我开会回来后急忙帮你检查，我明明知道是肿瘤转移，你也反复问我有没有问题，并一直盯住我的眼睛，希望从我的眼神里看出一些什么。我知道自己的话对你的分量，我知道拯救病人生命的不仅是医生笔尖的药、手中的刀，更有真诚的微笑、关切的眼神。我告诉你是肠粘连，并给了你“非常坚定的眼神”，你说，我的眼神使你感到放心。

可是，我的一切努力都化为灰烬，我使尽全身解数也未能把你留住；可是，我的全部心血都付之东流，我用尽所有办法也未能让你康复；你走后，作为一丝连线，我刻意保留了你的手机号码，希望你一觉醒来能倾听我内心的呼唤；你走后，作为一份记忆，我刻意保存了我们两人的最后短信对话，希望这样让我自欺：你没有离开我们，只是熟睡了。

短信内容：

你：2011年9月12日，周一，07：57 中秋快乐。

我：2011年9月12日，周一，08：57 祝你年年中秋快乐。

你：2011年9月24日，周六，16：15 石主任，针灸减轻我的不适所以还在继续。胃口稍好些，体重没增加。最近气短胸闷，用“氧立得”吸吸氧。此次敌人来势凶猛，打得我有点招架不过来。

我：2011年9月24日，周六，17：49 真是令人担忧！

你：2011年10月1日，周六，16：47 石主任，您把我拉回您的轨道上来了。这几个月的病痛折腾让我觉得死并不可怕，可怕的是生不如死，同时将爱我的人们拖入长期的鏖战和痛苦的深渊。我努力过了，可是上帝依然不眷顾我，我又能怎样呢？我将您比做“启明星”，此时的我正如黎明前的黑暗。

我：2011年10月1日，周六，16：49 我们都努力啊！

你：2011年10月17日，周一，09：30 石主任，回深后状态还好，有点喘，其他没什么大碍。离开您心里没底，可医院（指我们医院）的环境的确水深火热。

我：2011年10月17日，周一，11：27 您保重！

你：2011年10月22日，周六，13：01 估计您又在哪个城市出差，忍不住想打扰您。我又胸闷难忍，做了胸部CT、肝胆B超，身上长了代（应该为带）状疱疹，看（来）上帝认为我在这个世界上的罪还没受完。这家医院的护士很呵护病人，但没有石教授，您应该来当院长。

我：2011年10月22日，周六，13：24 我刚从汕头回广州，又要去长沙，带状疱疹特别痛，要止痛，保重啊！

你：2011年10月22日，周六，14：00 谢谢。

你：2011年11月9日，周三，18：30 怎么通往天堂的路那么漫长啊！

我：2011年11月9日，周三，18:43 您怎么样啊？

你：2011年11月9日，周三，19:34 坚强说起来容易，做起来好难啊。我每天都在煎熬！

每次经过报刊亭，每次看到《读者》，每次查房到你最后住过的5号床，我都会自然而然地想起你！以前想起你，全是牵挂与惦念，病情好一点了吗，也有高兴？现在想起你，满是惋惜与思念，你在天国可好？只剩痛苦！

明天是你去世百日，谨以此文寄托我的哀思！君在何方？《读者》送哪里？呜呼，《读者》依旧，读者不再！

2012年3月8日

毕业寄语

2011年6月7日是一个值得纪念的日子，自己的第一个博士生杨婷下午在中山大学附属第一医院东山院区13楼会议室通过了博士论文答辩。答辩主席是自己的恩师詹文华教授，答辩委员有汪谦教授、姜海平教授、罗红鹤教授及马文君教授，答辩秘书为王天宝教授。杨婷来自新疆，本科及硕士研究生均毕业于新疆医科大学。2008年博士生入学考试时自己的外科考生均未过线，杨婷由妇产科调配到外科，就这样成了自己的学生。三年来，杨婷认真学习，努力工作，刻苦钻研，赢得了大家的一致好评，并被挑选留校工作。在学生即将毕业之际，作为老师想对她说几句话，这也是对全体学生的寄语。

第一，继续学习。毕业尽管是学校系统学习的结束，却是自我继续学习的开始。博士尽管已经是最高学历，但是并不代表最高水平。学问没有最高，只有更高。学问之道在于学，在于问；学中问，问中学。问是发现问题、并提出问题的过程，学是分析问题、并解决问题的过程。只有不断地“学”、不断地“问”，知识才能不断地深化，才能追根求源。希望你们继续努力，生命不息，学习不止。学习的内容包括书本理论知识，包括临床实践，更包括人生经验。对一个年轻医师来说，熟读教科书是非常重要的，因为教科书是前人经验的总结，因为教科书描述了疾病的共同特征，因为教科书提供了一个行动指南。从教科书出发，以书本知识指导临床实践，在实践中验证教科书的知识，从而形成属于自己的活的知识，这就是所谓的临床经验。对一个具体疾病而言，学习的过程应该是：先看书——后看病人——再看书——再看病人。如此循环多次，对这个疾病就完全掌握了。但是教科书不是医治病人的操作规范，而每一个病人都是特殊的个体，所以要因人而异，在实际临床工作中认真观察每一个病人的不同特性。

第二，与人为善。这是做人的基本要求。“从善如流”要求太高，绝大多数人做不到，但是想到“积德行善”就会有约束力。与人为善的理论基础是天赋人权，生而平等。既然我们都是平等的，就应该平等对待他人，既然平等了，你也就善了。有人说“马善被人骑，人善被人欺”，现实生活中也的确有这些现象存在。但是，你应该理解：善良不能软弱，忍让不可无能，软弱不是善良。害人之心不能有，护己之心不可无。一个不能保护自己的基本权利与利益而任人蹂躏的人不是善人，而是弱者。而且，请相信：善有善报，恶有恶报，不是不报，是时候未到。为人处世要有一点义气，一些爽快。大事讲原则，小事讲风格。原则问题不能让步，应该据理力争；鸡毛小事无需争执，不妨与人方便。主动热心帮助别人本来是美德，但是在他人不需要、不接受的时候提供帮助会适得其反。

第三，虚心拜师。毕业是学校生活的一种告别，但却是社会生活的一个起点。社会是最大的大学，成功是最大的学问。学校有专业老师，社会有人生导师。我们需要专业教师，更需要人生导师。近朱者赤，近墨者黑。拜成功人士为师，学人生成功经验；向失败人士请教，鉴失败人生教训。学习他人的成功经验与失败教训，可以使自己少走弯路，少受挫折。俗话说

“家有一老，胜过一宝”。尊老不仅是尊老者的道德体现，更是尊老者的无比福气。经验是宝贵财富，阅历是“葵花宝典”。老年人是人生教科书，老年人是航海指南针。一个人的成长会遭遇各种各样的困难与挫折，大师的经验与建议往往具有点石成金的作用。一日为师，终身为父。任何时候、任何情况下都应该真诚地敬爱曾经帮助自己、教育自己的各位老师、各种老师。

第四，奉献国家。“奉献国家，服务人民，献身民族”不是政治性说教，而是发自内心的呐喊。你可以不参加任何政党，你可以不信仰任何宗教，但是你必须热爱人民。是否相信某种主义，是否信仰某个教派是你的权利，你可以不顾任何压力自主地选择。但是，奉献祖国是你的义务，你没有选择的权力，责无旁贷，必须担负起这个责任！理由非常简单：祖国是养育我们的母亲。作为一个平民百姓，做好本职工作，对岗位奉献是对祖国、对人民最大、最真的爱。奉献祖国与个人发展、人生实现并不矛盾，每个人都成就了，都成功了，国家也就强大了。

第五，规划人生。《礼记·中庸》有这样一句话：“凡事预则立，不预则废。”事业如此，人生亦如此。桥梁需要设计，人生需要规划。读书需要目标，如成绩、学位；从政需要方向，如贡献、职务。尽可能做到事事有计划，年年有规划。人生短暂，生命有限。在有限的时间内，做最重要的事情，做最有意义的事情。人生从结局上看是悲惨而无奈的，“所以，人生的过程就不能再悲惨了”，一位友人如是说。不要在一些毫无意义的事情上浪费时间，尽可能使自己的人生丰富些，有益些。不要相信来世，不要寄望未来，只有今天属于自己。把握现在，脚踏实地，从小事做起，积小成大，集腋成裘！做好每一件事，做好每一件小事。宁做闪耀的流星，不要灰暗的恒星！宁做一现的昙花，不做千年的铁树。

第六，珍爱病人。珍爱病人有两个层面的体现，医术与医德，德艺双馨。医术上要刻苦钻研，精益求精，为病人提供最优的治疗；医德就是要关心病人，视病如亲。救死扶伤是人道主义的基本原则，心地善良是医务人员的基本品格，热忱待人是更高层面上的道德要求。人的生命只有一次，一去不返。尊重生命首先必须珍爱病人，为病人解除疾痛是上帝赋予医务人员的使命，服务病人是天职。医疗是一个实践行业，见多才能识广。见过的病人越多，经验也就越丰富。有人说将军是士兵的生命堆出来的，即所谓“一将功成万骨枯”。医生这个行业有点类似，优秀的医生同样是病人培养出来的，病人为医生的成名成就可能付出了痛苦、泪水，甚至生命。失败是成功之母，病人是医生之师。如果想到这一点，我们还有理由不善待病人吗?

第七，热爱单位。我个人认为，一个好的工作环境是成才的最重要因素，个人努力及智力水平似乎还在其次。想一想庙宇与和尚的关系，你就会明白环境的重要性。名庙容易出大和尚，这是一个最浅显的道理。两个努力程度及智力水平相当的和尚，一个去大庙，一个去小庙，若干年后他们的差别大家可想而知。再看看院士，中国科学院里院士多如牛毛，其他地方院士凤毛麟角。所以，为自己寻找一个理想的工作单位是非常重要的。你有幸在一个全国一流的医院里工作，在分享医院给你带来的名誉、地位、见识及才干等种种资源便利及优势的同时，应该回报单位、反哺医院，应该为单位的发展壮大贡献力量、贡献才智、添砖加瓦、锦上添花。在中山一院几乎每一个教授都可能成为博士生导师，你将来也会成为博士生导师。但是，你是否想过，在小医院里工作的同学有可能连高级职称都晋升不到?

第八，参与竞争。读高中二年级时，语文老师刘兆麟先生有一次在我的作文上批语“山外青山楼外楼，世上英雄争上游，争得上游莫骄傲，更有先进在前头”。30余年过去了，至今仍然记忆犹新，我现在将它转达与你们。学习如逆水行舟，不进则退。不甘落后，力争上游是人生的基本态度。学习上如此，工作上也应该如此。国与国、家与家、人与人的竞争归根到底是实力的竞争。所以，竞争的基本前提应该是增强自己的实力。千万不要学习那些靠打压别人来抬高自己、靠贬低他人来突出自己的无能鼠辈。那是小人之举，非君子所为。遗憾的是在目前这样的管理体制下有能力之人往往遭遇反向淘汰，有能力之人不仅得不到发挥，反而备受打压、排挤。网络流行语“羡慕嫉妒恨”真实地说明了这种可悲。所以，在这样的一个中庸社会里，一个有能力之人学会如何保护自己是头等大事。所以，参与竞争要选择目标，把竞争的着眼点放在专业造诣与学术水平上，专业上要有当名医的决心，学术上要有当名师的勇气，其他方面没有必要与人竞争。

第九，自尊自爱。自尊而不自负，自爱而不自恋。对自己负责，为自己负责。自尊自爱第一要事是保护好自己的身体，自己身体好是对父母最大的孝敬，是对儿女最大的疼爱，也是对社会最大的尽责。其次是要尽可能多地保持思想上的纯洁性，心灵上的自由度：理想一点，虚无一点，寂寞一点，特立一点。怀一线不羁行走在茫茫人海里，带一丝孤独伫立于漫漫尘世中。

2011年6月16日　4：38 于拙绿斋

When You Say Nothing at All

晚上带学生杨婷去看望老师，回到家里已是近10点，习惯性地走进书房，看到书桌被妻子占用，正准备转身离开。忽然，电脑里流淌出来的歌声一下子拨动了自己的心弦，一瞬间深深地把自己吸引住了。觉得非常熟悉、但无法想起；虽很陌生，但似曾相识。恰如久违了的梦中情人不意间、如旧般回到了你的身边，有一种久别重逢的感觉。好像内心企盼了很久、很久，好像40余年都在为她等待。

自己迫不及待地从网上搜集该歌曲的有关资料：她是电影Notting Hill（《诺丁山》）的插曲When you say nothing at all（《一切尽在不言中》），据说此歌之前由boyzone的主唱Ronan Keating演唱，目前播放的是美国蓝草音乐（blue grass）歌后Alison krauss重新演绎的。我没有搜索Ronan Keating演唱的版本，没有做比较，不知道哪个版本更好。但是，我的确被Alison krauss的声音打动了，很久很久没有听到如此“touching & amazing”的歌声了。

开始吸引我的不是歌词，而仅仅是Alison krauss的歌声，那种淡淡的、浅浅的、悠悠的、缓缓的，略带一丝悲凉、略带一点惆怅、略带一抹忧愁、略带一线泣诉的歌声。如情侣的窃窃私语，如十娘的苦苦思念，如草原上的和煦阳光，如落日时的怡人微风。听着听着，我内心一阵紧缩，一阵舒缓；听着听着，我身体一阵酥麻，一阵舒展。本来，今晚自己主动约好儿子谈心的，儿子好不容易答应了自己的请求，但是，自己却舍不得离开书房，舍不得关掉电脑。这样的情况是以前未曾遇到的，这样的感觉是以前未曾有的。任何大喜的事情自己不曾长喜，任何大悲的事情自己不曾久悲，大喜大悲都没有在自己的脑海里留下太多、太久的印记。不知道何故，自己今晚却被一首歌融化，为一首歌守夜，为一首歌失约？那种幽幽的忧郁、悲凄的柔美直达心扉，沁入肺腑，而且久久地占据心间，久久地挥之不去。由此看来，自己可能属于那种吃软不吃硬的动物，不怕剑影，但怕眼泪。由此想到社会，任何太过激烈的东西可能都是短暂的，留得久远的反而是那些平平淡淡的东西。国家如此，政权如此，人生难道不也是如此吗？自己一辈子刚强，不知道弯腰，不懂得伸屈，如何适应？

看了歌词后，自己再一次被感动了，或者说进一步被感动了！“It's amazing how you can speak right to my heart（你无需开口，却可与我心交流）”；Without saying a word，you can light up the dark（你未曾说话，却点亮了我的心灯）；I could never explain what I hear when you don't say a thing（你默然无语，我却听到你的声音）！The smile on your face lets me know that you need me（你脸上的笑容使我明白你需要我）；There's a truth in your eyes saying you'll never leave me（你眼中的依恋使我知道你不会离我而去）；The tough of your hand says you'll catch me wherever I fall（双手的触摸告诉我无论在何处跌倒，你都会把我搀扶）。自己没有看《诺丁山》这部电影，不知道其中的故

事，但是歌词犹如恋人之间的倾诉，情侣之间的思念。一个眼神足见您对我的关切，一个微笑足见您对我的依恋，一个手势足见您对我的信任。虽然未曾说一句话，我觉已经明白一切。一切尽在不言中，言语此时反而显得多余。

年轻时，自己不懂得如何最佳地表达感情，追求的是那种轰轰烈烈、风风火火、直来直去的爱，完全不了解何谓含蓄？不理解“一切尽在不言中”的奥妙，甚至嫌麻烦！等到自己懂得眼神可以表达关切、传递情爱时，一切已经远去，失不再来。当自己有耐心、而且懂得去品味的时候，那个心目中的她已经物是人非了，当年的她早已不复存在，现在的她也不再需要了，此时反而有种自作多情空悲切的味道？人生就是如此无奈，当您懂得如何将一些东西放入心底的时候，一切已经为时晚矣，就可能没有机会、甚至没有勇气表达出来了。

下午5:30，自己从13楼会议室回到科室时，一位十分优秀、却万分不幸，一直让我非常牵挂的患者在等我。肿瘤术后不到一年，腹部又发现包块。原计划明天来复查，可是她非常担心肿瘤转移、复发，所以连忙赶来科室找我。我仔细检查后，她反复问我有没有问题，我知道她的担忧，说没问题，可是她一直不放心，盯住我的眼睛，“希望从您的眼神里看出一些什么”，她说。尽管我自己也怀疑肿瘤转移，但是我给她“非常坚定的眼神”使她感到放心。当医生久了，对生死看多了，好像应该是见多不怪了，但是自己却相反，更加感觉到身上的责任重大：拯救病人生命的不仅是医生笔尖的药，手中的刀，更有真诚的微笑，关切的眼神。自己是真诚爱每一个病人的，在自己看来，医生与病人就应该是那种一切尽在不言中的、彼此相互理解、相互感动、相互关心、相互依赖的成年恋人。医生应该读懂病人眼神中的担忧、依靠、无奈、苦痛、渴望，从而送去鼓励、安慰、信心、关切、希望的眼神与微笑。一切尽在不言中。下午全科护士年终总结述职时，护士们说得最多的是怎样、如何给患者送去更多的微笑，“微笑胜过仙丹”、“微笑是最好的药物”，护士们如是说。听罢护士们的述职，我感到欣慰、放心、自豪与骄傲！

今晚是一个寒冷的雨夜，Alison Krauss却使我感到非常温暖。从晚上10时到现在凌晨4时余，Alison Krauss的歌声一直陪伴着我，觉得时间过得太快。虽然持续听了6个小时，仍然感觉没听够。Alison Krauss时而激情昂扬，时而抑郁低吟，将我带入一种神秘的忘我境界、一个莫名的牵挂思绪中；为我带来一种无比柔美的坚强、一种令人掉泪的感动。

When you say nothing at all

It's amazing how you can speak right to my heart

Without saying a word you can light up the dark

Try as I may I can never explain

What I hear when you don't say a thing

The smile on your face lets me know that you need me

There's a truth in your eyes saying you'll never leave me

The touch of your hand says you'll catch me wherever I fall

You say it best when you say nothing at all

All day long I can hear people talking out loud.

But when you hold me near you drown the crowd.

Try as they may they can never define.

What's been said between your heart and mine.

The smile on your face lets me know that you need me.

There's a truth in your eyes saying you'll never leave me.

The tough of your hand says you'll catch me wherever I fall.

You say it best when you say nothing at all.

The smile on your face lets me know that you need me.

There's a truth in your eyes saying you'll never leave me.

The tough of your hand says you'll catch me wherever I fall.

You say it best when you say nothing at all.

2011年1月12日

偶像的毁灭

偶像毁灭了，灿烂不再，痛苦不堪，彻夜不眠！但愿从今天晚上开始觉悟！

有人说只有小孩与女人才相信偶像、崇拜偶像，其实不然，自己从小开始、时至今日一直崇拜偶像。

我人生的第一个偶像是我的一位表哥。自己入小学时，表哥是高小学生，在小学留下了很多可歌可泣的英雄故事，如带领同学帮助孤寡老人、抢收抢种、勤工俭学等等，不胜枚举。表哥上中学后，仍然是学校里的核心，表哥人生的顶峰是参军，全公社领导敲锣打鼓为表哥送行，在当时的梅田公社真是空前绝后，是历史上第一次、也是最后一次。大家都坚信我们公社一定会出一个大官，那就是表哥。表哥参军后，自己还写信给他表决心：向表哥学习，听毛主席的话，做贫下中农的好儿女！顺便向他要一顶绿军帽。自己学习表哥的最伟大行动是用手捧猪粪。家乡的小学叫胡子窝小学，不知道何故得名。当时学校养了猪，我们每周要打扫猪圈一次，平时我们不入猪圈，而是用扫把扫，然后用水冲。有一次打扫猪圈时想到了表哥，自己带头赤脚进入猪圈，用手捧猪粪，同学们纷纷仿效，校长邱国珍老师闻讯赶到现场，称赞我们“真是毛主席的好学生，贫下中农的好孩子”。我们自己也为“手虽然脏了，心却更红了”而沾沾自喜。不知道表哥在部队发生了什么故事，三年后复员回村，并未提干。后来表哥渐行渐远，不仅毁灭了他在自己心目中的高大形象，而且伤害了深爱表哥的三个女人的心。

我人生的第二个偶像是一位同班同学。自己属于永丰大队，是胡子窝小学的学习尖子、班长；他属于劳丰大队，是前塘王小学的学习尖子、班长。两个大队合并成“双丰大队”后，胡子窝小学只保留1—3年级，4年级自己到前塘王小学读书，并从此开始了独立生活，时年9岁。当时，我们两人真是英雄惜英雄、相见恨晚，学习上你追我赶，生活上相互帮助。他比自己大2岁，懂事比自己早，读书比自己多——据说当时他读遍了《水浒传》、《三国演义》与《红楼梦》，而自己连见都没有见过那些书。在很多方面，尤其是人情世故、社会阅历方面他教了自己许多，在生活上也对自己照顾有余，记得自己不时去他家里改善伙食。自然而然，他成了自己崇拜的偶像、学习的榜样。

上初中后我们两人仍然睡一起，他出盖被，我出垫被。可能是竞争的缘故，期间发生了两件事情：一是寝室用杂草燃烧驱蚊时，把刘林兴同学的草帽烧了一点，他说是我烧的，要我赔他5角钱；二是一位同学丢失了绳子，他带人从我的枕头底下找了出来，说是我拿的。两件事情经班主任乐崇生老师调查，均是他栽赃陷害。于是，不仅偶像又一次毁灭了，我们两人也几乎成为仇人，但是学习上的竞争一直持续到高考：自己考上了本科院校，他考上了专科院校。上大学分手时我对他说，“实际上你的成绩比我好，但是你的良心不好，老天要惩罚你”。上大专后，他自己说“心彻底凉了、失望了”，学习成了副业，后果可想而知。

上大学、读研究生、乃至工作后的每一个时期，自己不间断地寻找偶像、树立榜样，但是几乎毫无例外的、一个个地毁灭了，尽管原因各不相同，但是结果如出一辙。1979年，上大学时“把被‘四人帮’浪费的青春夺回来”是时代最强音、主旋律，但是仍然有人浑浑噩噩、不思进取；1984年参军时觉得军队是清一色的绿，深入了解后发现军队也有杂色；1987年，第一次看到破旧不堪的上海老火车站，如同一盆冷水把自己从“东方巴黎”梦中浇醒；1999年，初到美国时，美国如同天堂，几年的羞涩生活，发现美国也在地球上、也在人世间，只是一个相对比较好、但是绝非完美的国家；2005年，初到中大医院时，自己把它当成了学术的圣殿，把这里每一位当成了大师。几年工作体会后，发现这里也是一样：有阳光，也有阴影；有高尚，也有低趣；有荣耀，也有艰涩；有君子，也有小人；有大师，也有小巫。

偶像为何物？自己虽然崇拜偶像、并努力扮演偶像，但是一直不知道什么是偶像。今天晚上写本博文时，自己以“偶像”二字在google上搜索，点击第二条“偶像百度百科”，得到如下内容：

1. 释义　本意：用木头或泥土等制成的人形。

2. 词语由来　早期人们将希望寄于死东西上，在一无所用的废木中，按图样将它刻成一个人像，涂上丹砂，将外皮漆成红色，遮住一切疤痕。偶像彻头彻尾是虚假的，它是把木头变成神，人用方法把它是木头这个事实遮掩住了。他们砍下树来，经过制作的程序，把它涂成原来所不是的东西。然后他们用金银把它遮住，用蓝色、紫色的衣服把它披上，最后让人忘记它其实是木头，现在，人们所敬拜的偶像，号称是神，实际上却只是木头一块。

原来如此，由此看来我们没有必要为自己心目中偶像的毁灭而痛苦，更无必要去崇拜甚至神化某人某物某地。崇拜是不了解真相的盲从，崇拜是未加思考与观察的幼稚。脱掉偶像的外套，看到木头真身，我们还会崇拜吗？

为什么偶像一次次地毁灭？为什么自己一次次地痛苦？思前想后，发现责任在于自己，是我作茧自缚，是我自寻烦恼。偶像本是一块木头，是我们将他包装，将他神化。“金无足赤，人无完人”，完美无缺的东西根本不存在。“每人皆有所长”一点不假，“每人皆有所短”同样一点不假。因此，学人所长，可以使自己进步，但是不必崇拜；容人所短，可以避免自寻烦恼，也不必痛苦。

俗话说“皇帝也有小心眼”，更何况我们平头百姓。不必苛求偶像！不必求全责备！我自己是俗人，我不能要求他人是圣人；我自己身上有缺点，不必为发现他人的缺点而懊恼。作为自然的人类，吃五谷杂粮，哪能不生病；作为社会的人们，食人间烟火，哪能无私欲。我相信每一个人的内心都是向往善良的、都是追求高尚的、都是力争圣洁的。但是，我们生长在这样一个空前的世俗社会里，我们生活在这样一个空前的污染环境中。想出污泥而不染、想视诱惑而不动，独善其身、洁身自好，有多么的艰难！是多么地不易！做一个好人难，更何况做一个偶像呢？想到这些，我心顿时释然：我理解了偶像的毁灭！我原谅了毁灭的偶像！

2010年9月10日

火　车

不记得自己是何时听说火车的，也不记得是听谁说的，至今仍然不知道为什么叫火车，只记得传说中的火车很长、很长，有100多个车斗，家乡叫车厢为“车斗”。于是，从那时起，自己一直盼望看看火车，坐坐火车。

相对于家乡的童年小伙伴而言，自己是幸运的！1971年春节，母亲带我、大舅妈带大表妹红霞去咸宁外公家拜年、认亲。对自己而言，此行的最大收获是看到了火车铁轨、听见了火车汽笛，而不是认亲。因为咸宁当时已经没有母亲的直系亲属：外公早已仙逝，外婆在自己家乡。而且自己年幼，也不懂得什么是亲情。走在咸宁的路上，远处传来的巨大声音把自己吓了一跳，“那是火车喇叭声”。母亲搂着我。母亲带我们抄近路过铁轨去外公家，自己在想，铁路有多长，通向何方？

上中学后，物理课学习匀加速运动、匀减速运动时，为了让我们理解这两个概念，赵厚春老师拿火车进站减速停车与出站加速前进举例，自己就是理解不了。不知道火车为什么要加速、减速？

1979年9月初，小舅及哥哥两人送自己去武汉上大学。我们走路到梅田公社，然后坐汽车到咸宁，打算在咸宁搭火车去武汉。自己到达咸宁火车站时正好有一列火车经过，自己第一次看到了火车，并开始数车厢数量，火车开得很快，自己没有数清楚：的确很长，但是没有传说的100多个车斗。自己将要乘坐的火车来了，自己兴奋而紧张地随着哥哥、舅舅上了火车，这是本人平生第一次坐火车。舅舅花3角钱给自己买了一盒肉沫粉丝饭，2小时后到达武汉。在这次的火车上自己深刻理解了匀加速运动与匀减速运动。

每年寒暑假回家、上学自己一直坐火车往返，2小时的火车旅行自己总觉得没有尽兴，没坐够，总想知道，火车的尽头在哪里？每次到站时总是依依不舍、不想下车！大学期间，自己看书、看报知道了一些火车的知识：以北京为中心，离京火车为单数，进京火车为双数；火车客车分为特快、直快及慢车；自己还专门做了笔记。

大学毕业时，自己一心想去外地，想走得远远的，去看看外面的世界，于是选择了长沙。1984年8月下旬的一个午夜12时余，尹之南同学陪自己乘1次特快去长沙，早晨8时左右到达。尽管没有座位，一直站到长沙，但是自己的确很满足：终于坐了一次远程火车。1986年夏天，学校派自己到黑龙江招生，自己坐火车跑得更远：坐2次特快从长沙到北京、从北京坐17次特快到哈尔滨，在哈尔滨自己又坐火车到了佳木斯、齐齐哈尔、鹤岗、牡丹江等地。的的确确地过了一把坐火车瘾，也是在此时，自己第一次坐上了硬卧车。

1987年自己去上海读研究生，随后的6年中坐火车对自己不再是兴奋、享受，而是苦涩、甚至厌倦。当时基本上买不到座位票、买不起硬卧、不够格买软卧。由于军人可以提前进站上车，于是自己总是早早上车去找车厢的最后一个座位，因为有人告知我，最后一个座位有时是空的。有人无奈爬到座位下面睡觉，自己忍受不了脚臭，只好站着。每次寒暑假回家，师母肖老师会给自己准备好方便面、熟食、咸菜及茶水，好在有师母的慈爱温暖着我，否则不知道如何面对36小时的火车旅行。1988年暑假，朋友胡伟托人买了最低折扣机票，自己第一次坐上了飞机，从而免却了一次痛苦的旅途。

2000年10月自己从Baltimore到Newark工作，妻子仍在Baltimore读书，自己开车往返相距180英里的两地，太累时偶尔搭乘火车。美国好像不太重视发展火车，火车不多，乘客较少，坐火车比开车贵，车站也是几十年、甚至百年不变。虽然如此，美国的火车站一点都没有落后、破旧的感觉，相反非常干净、有序、豪华。火车每个座位都有电源插座，免费供旅客使用，于是自己带上电脑，享受美国火车旅途。2001年初春，妻子从Baltimore来Newark，Newark车站有几个出口，妻子没有手机无法联系，自己来回寻找，最后在风雪中看到腆着大肚的妻子，自己满心的自责、爱怜与痛惜，一步上前抱着妻子和尚未出生的孩子。10年过去了，当时的那一幕仍然记忆犹新，虽然从未向妻子说起，但是风雪中等待的妻子永远定格在了我的脑海中。

2002年回国后，自己在广州、深圳之间体会了中国铁路的进步。从那时起，往返广州、深圳之间，坐火车成为自己的首选。往返广州与家乡之间，坐软卧也成为自己对自己的优待，坐火车又成为一种享受。

2009年12月26日，一个值得全体炎黄子孙记忆的日子：曾经让自己厌倦的中国火车，竟然成为众人的期待与翘盼。2010年1月初，Baxter邀请自己去长沙讲课，本来已近春节，公私事务缠身，但是自己抵挡不住“可以坐高铁啊”的诱惑。1月23日自己第一次坐上了武广高铁，好奇、兴奋难以言表。看到漂亮的火车、干净的车厢，飞驰的速度，自己由衷地为祖国自豪、为祖国骄傲。车厢内乘客纷纷合影留念，拍摄火车速度。表面上，他们是在记录40km、80km、120km、200km、350km的足迹；实际上，他们分明是在记录中国的奇迹与腾飞。2月13日自己一家人乘坐高铁回家过年，原来的12小时变成了现在的3小时，惊奇、不可思议。高铁对我国经济发展的促进作用不言而喻，更加重要的是它极大地解放了中国人的压抑心理。电视机、冰箱、汽车生产、销售的世界第一，我们不足为奇，因为我们人多，产品技术含量不高！卫星上天、载人飞船，我们也没有太多的惊喜，因为我们的技术仍然落后于他人，我们仍然处于追星阶段。但是，高速铁路，以高新技术领跑世界，让我们眼前一亮，也让世人刮目相看。春节前，香港的朋友Peter打电话托我帮他买火车票，他儿子从英国回香港过年，专门要来广州坐高铁。

兴奋——享受——满足——厌倦——企盼——自豪，这就是我的火车体验！我想它不仅仅是火车的发展轨迹，也是改革开放30多年我国人民的心路历程。火车将在更快的速度上稳步提高，中国将在更高的起点上继续飞跃！中国值得世界期待！祖国更加值得我们热爱！

2010年2月23日

入冬随想

天气就像川剧演员的脸，说变就变。上周四（11月12日）白天，自己穿一件短袖衬衣走在马路上会汗流浃背，办公室里还要开空调。昨天晚上开空调睡觉，下半夜居然被冻醒。早晨起来，觉得寒冷难当，自己由一件短袖衬衣换成了三件衣服：内衬、衬衣、外套。更有甚者，街上有人穿上了棉衣。媒体介绍说，昨天晚上气温突降8℃，最低气温由21℃一夜间降至13℃，真可谓“一夜入冬”。进入冬天，自己总有一种说不清、道不明的特别感觉，关于冬天的一些记忆自然而然地涌入脑海。

在国内，冬天印象深刻的事情有三件：一是儿童时期的打雪仗。记得小时候，家乡的雪下得很大很大。大雪天，大人们都围着火炉在家里烤火，小孩们天生不怕冷，我们在村里村外到处跑，抓起雪捏成雪团，相互对射，或者往他人脖子里面塞。被雪团击中时疼痛难忍，雪团在衣服内溶化后寒冷刺骨，但是我们乐不可支。寒冷的雨雪天，树枝里、屋檐上挂满了冰柱子——家乡称“冷冰吊”，我们会用竹竿或棍子将其敲断当冰棍吃。长大之后，既没有遇到原来的大雪，也没有了童年的情趣。

二是青年时期的冷水浴。为了锻炼身体与意志，自己从1979年9月上大学时开始洗冷水澡，一直坚持到1993年9月博士毕业。14年间，自己学习工作的地方虽然不断变化：由武汉到长沙、再到上海，但是冷水浴一直未曾间断，寒假回家时也是在河里或家里洗冷水。更为挑战的是在武汉读书时，在同学万紫书的带领下，自己在武汉东湖坚持了一段时间的早晨冬泳。后来老迈坚持不住了，自己也放弃了。广州的冬天远比武汉、长沙、上海气温高，按理说更容易坚持才对，实际上恰恰相反。博士毕业后，医院分给自己一间房，有煤气、热水器，自己贪图享受，一下子放弃了14年的坚持。有人说舒适的环境会削弱人的意志，软化人的斗志，看来一点不假。

三是成年时期的大雪灾。2008年1月15日（农历二零零七年十二月初八）家乡祠堂改建庆典。自己本来没有打算回去，1月14日父亲在弟弟家的阳台跌倒，致股骨颈骨折，自己只好回家参加庆典，并接父亲来广州治疗。15日凌晨火车到达咸宁时，地面积雪近一尺厚，交通瘫痪，大雪阻断了回家的路，大雪隔离了父子的情，万般无奈含泪返回广州。后来整个南方也遭遇了百年不遇的寒冷天气，数十万人不能回家过年。也是在这一年，自己第一次穿上棉裤，买了厚厚的棉袄，棉大衣，在广州这座年平均气温22℃的南方城市体会了寒冬。

在美国，冬天的记忆是温暖的、美好的、驿动的。

首先，冬天是温暖的。Baltimore虽然很冷，但是因为任何室内都有暖气，自己出国前生活的地方都没有暖气，所以感觉很温暖。尽管身在他乡为异客，但是当自己从Newark寒夜驾车回家时，想到自己的家（323 West 32 Street），想到自己的妻儿，内心感到无比温暖；汽车每向前走一步，自己就离家近了一步。进入32街，看到自己家门口的那盏25瓦白炽灯，犹如远航的海员们在茫茫大海中见到的航标灯、看到的港口灯火。它明亮无比，照亮我回家的路；它温暖无比，温暖我游子的心。回到家里，一股暖流扑面而来，整个身体立刻被融化在温暖之中。

其次，冬天是美好的。美国马利兰州（Maryland）有一个很好的规定：极端异常天气所有部门停工。Baltimore大雪天不少，每遇大雪，我们就可以不上班，于是约朋友一起到家里吃火锅。当时，自己住2804 Calvert Street，兆黎、边策、志鹏、学英、方明、袁萱等人均住Charles Street 附近，我们经常在一起吃饭，轮流坐庄。尽管当时大家经济上都很拮据，但是大家非常开心、友好，亲密。记得1999年冬天大雪，我们几人一起到Johns Hopkins大学Homewood校园堆雪人，并围绕雪人合影留念。很多年过去了，留在美国的朋友们日子越过越好，都买了别墅。尽管如此，大家都非常留念当年那段贫穷而富有、艰苦而快乐的日子。回国服务是自己的无悔选择，但是内心深处经常会想念美国的那段生活，究其原因，想念当时的一帮好朋友是重要因素。

再次，冬天是驿动的。进入冬天，意味着圣诞节邻近，自己感觉血管开始扩张、心跳加快、全身发胀。此时的大街小巷异彩纷呈，电视开始连续播放大量经典的怀旧节日影片如*Love Story*、*The Nightmare Before Christmas*、*Christmas in August*、*Miracle on 34th Street*、*Santa Clause*、*Jingle All The Way*、*One Magic Christmas*、*The Umbrella of Cherbourg*、*It's a Wonderful Life*等等。商店更是充满了各种各样的美丽无比、诱惑无限的节日商品、圣诞花、圣诞树、圣诞圈。让人感到非常温馨，内心充满了期待与驿动。更让自己留念的是圣诞夜的教堂，充满了圣洁。每当圣诞音乐响起，自己总有触电的感觉，灵魂深处象被水洗过一样。自己特别怀念美国的那种节日文化，总想将它带回家里，于是，买圣诞花、圣诞树、开圣诞“party”、送圣诞礼物成为自己每年的常规生活，但是几乎找不到当年在美国的那种感觉，权当回味。

2009年11月15日

清明节断想

早就拿定主意：今年清明节一定回家！3月6号弟弟从家里发来短信说，为我准备了一些腊肉、腊鱼，问我清明节是否回家，如果不回家他就把物品寄来。我毫不犹豫地回短信说“一定回的”。我当时打算清明节回家要做三件事：为村里新整修的宗祠植树，为祖先扫墓，看望父母亲。

我们村以始祖第九代孙的名字命名——石兰桥，始祖名石谷正（读音同“真”），谷正公的孙子仁义公来到距家几十里外的地方（即我村所在地）建基立业，仁义公七代孙即为兰桥（字宗呈）公，兰桥公生四子，自此即人丁兴旺，后人为纪念他，取村名为石兰桥。古往今来是享誉当地方圆数十里的富强村庄，祠堂正门门匾“万石名家”就是最好的佐证。村里流传着（经过我村）“文官落轿，武官下马”的说法，其他村庄的女孩子以嫁入我村为荣。自己9岁离开家乡，长期在外地求学、工作，一直没有时间细读族谱，所以我对自己的祖先及村庄的历史知之甚少。据说我的祖先来自江西兴国，何时建村我未考证。我们全村几十户人的房子都连成一片，全村一个大门进入，五个耳门外出，下雨天走家串户不用斗笠或雨伞。如果将大门及耳门关闭，恰如客家围屋，外人无法入内。当年日本鬼子到我村后，因为惧怕埋伏、担心走不出来而未敢入内。

石家宗祠始建于明朝末年，上一次修整为清朝末年，宗祠里面的石刻牌匾清楚记录了每一次修整的时间及捐款人的名字与数量。最近一次修整为2007年，本人出资1万元。宗祠修整竣工庆典为农历2007年十二月初八日（公历2008年1月14日），自己本来没打算回去，不知道是巧合还是冥冥之中的安排，十二月初七早晨父亲在弟弟家里的阳台上跌到，X线显示左股骨颈骨折，于是我立即乘坐当天晚上的火车回家。不料是晚一夜大雪，凌晨4点出站时只见一片银装素裹，地面积雪近1尺厚，所有进入山区的道路已经被警察封锁，无奈，只好乘火车返回广州。2008年春节后，自己回弟弟家看望父亲，同时带领县乡名流到家乡宗祠祝贺，当天自己大醉而归。

在宗祠周围栽树是回家庆祝竣工时就产生了的想法。去年清明节后自己委托在咸宁市工作的同村叔叔（辈份长，实为同学）石顺卿了解雪松的价钱，并打算今年清明节回家植树。半月前自己打电话给顺卿请他帮忙买树苗，同时打电话给在村里当队长的同学石则龙，告诉他自己准备回家植树。几天后自己再次打电话给顺卿时，他告诉我“雪松不吉利，只能栽在烈士陵园里”。我植树的热情被一盆冰水彻底浇灭，顿时失去了回家的冲动。随即打电话给母亲说，家里目前正在装修，今年清明节不回家了。

出于对顺卿说法的怀疑，自己上网查阅了雪松的有关资料：雪松，松科雪松属；别名香柏、喜马拉雅雪松、喜马拉雅杉，学名“Cedrus deodara”，英文名“Deodar Cedar”。原产地为阿富汗、巴基斯坦、印度北部以及我国西藏，是黎巴嫩的国树。我国1920年开始从美国引种雪松，首植于南京、上海、青岛、北京等城市，目前几乎全国各地均有栽培，但以南京地区栽植数量最多，并被选为南京市树。近日自己又请教了几位林业专家，他们认为雪松不吉利之说是空穴来风、毫无根据，他们还列举出很多迎宾馆栽种了雪松的例子来说服自己。自己不记得是何时何地看到雪松的，只知道对它是一见钟情，也正因为如此，才想到将它带回家。写本博文时自己又打电话给长老顺才叔及同学则龙，他们均表示支持。自己又委托舅舅陈运柏及同学王少敏帮忙寻找雪松树苗，准备回家植树。

去年清明节，自己回家祭祖，并给外公立墓碑。母亲6岁（1942年）离开家乡后便与外公音信两无，60年代中期外公二弟不辞劳苦找到母亲，告知外公1954年已经仙逝。自己第一次陪母亲回家是1971年，尽管从未见过外公，但是从母亲那里得知外公是当地的秀才，是为数不多的读书人。外公辞世多年一直没有墓碑，它是母亲心中难言的苦痛，为外公立碑是母亲多年的心愿。由于外公没有儿子，外公的二弟将其二儿子陈运柏过继于外公顶门立户。可能是封建迷信思想作祟、怕风水外流，舅舅一直不同意母亲为外公立碑。不知道何故，去年舅舅主动邀请母亲一起为外公立碑，于是自己陪母亲回到故乡，为外公立碑并栽植两棵柏树。

人是一群非常容易忘本的动物，古代即如此。相传中的清明节故事就是忘恩负义后的亡羊补牢。春秋战国时代，晋献公的儿子们为争夺王位相互残杀，二儿子重耳被迫流亡国外。臣子介子推舍命相随，并在重耳饿昏之时割股奉君。十九年后重耳打回晋国，当上国君，即晋文公。晋文公复国后，论功行赏，唯独没有给介子推任何官位和赏赐。人们议论纷纷，说晋文公忘恩负义，晋文公于是带领群臣来到绵山（今山西介休县东南），寻找隐居的介子推。搜索数日无果，晋文公下令烧山，孰料介子推宁死不出，与母亲一起被烧死在山顶大柳树下。为了纪念介子推，晋文公下令改绵山为介山，“以志吾过，且旌善人”。同时下令，在介子推的忌日（放火烧山的日子），即冬至后105天，全国禁动烟火，只许吃冷食，是为寒食节。第二年寒食节翌日，晋文公到大柳树吊祭，发现被烧死的柳树已生出新柳枝。他下令封该柳树为“清明柳”，把这一天定为“清明节”。

当代的国人可能是最“数典忘祖”的一辈。年轻一代变得越来越没有亲情。自己也是如此：自己连太（父亲的祖父）、老太（祖父的祖父）的名字都不知道，也不知道他们的墓地。真是应了俗语“一代亲、二代表，三代四代不了了”。尽管家里总以“你在外面工作忙”宽慰自己，但是自己不能饶恕自己。好在我们已经意识到自己的错误，清明节法定假日的设立就是我们对传统的认同和对祖先的铭记。

2009年4月5日

一品红

一品红，由于正值圣诞节开花，故名圣诞花，别名：圣诞树、圣诞红、象牙红、老来娇、猩猩木。自己实在不喜欢后面两个别名，觉得那样的俗是对一品红这样的纯的侮辱。一品红是我心中的花，是我生命的红，自己不能容忍任何对它的丝毫亵渎，写该博文时自己真想把“老来娇、猩猩木”删除，让那些低俗远离一品红的圣洁。

一品红原产于墨西哥塔斯科（Taxco）地区，被当地阿芝特克人（Aztecs，美洲印第安人一支）用作颜料和药物。1825年由美国驻墨西哥首任大使约尔·波因塞特（Joel Roberts Poinsett）引入美国，为了纪念波因塞特，后人以他的姓氏命名一品红为“Poinsettia”。罗伯特·布依斯特（Robert Buist）给它取学名为“Euphorbia pulcherrima Willd”。

相传古时候，美洲墨西哥城南的一个村庄，有一年夏季发生泥石流，一块巨石把水源切断，造成该地区严重缺水，土地干裂。一个名叫波尔切里马的村民，不顾个人安危，凿石取水，夜以继日，终于将巨石凿开。但是，清泉如猛虎般冲出，将波尔切里马卷走，人们到处寻找，未见踪影。有一天，一个放牧人在水边发现一株顶叶鲜红的花，格外美丽。村庄百姓说：这花很像波尔切里马，因为他生前很喜欢穿红上衣。人们为了缅怀舍身取水之人，就将此花命名为“波尔切里马花”，它就是我们今天熟识的“一品红”。

墨西哥的神话里有一品红与圣诞节关系的故事。很久以前的一个圣诞夜，一个孩子在路边流浪，没有人给他圣诞礼物，最后他被一群寡妇收留，并说只要他谦逊，便可以得到圣诞礼物。当他被带进教堂时，那群寡妇突然变出红色及绿色的花朵即“一品红”给他作为圣诞礼物，教堂里的人们感到十分惊奇，认为是上帝创造的奇迹，所以一品红又称为圣诞花。

买一品红是每年圣诞节前自己必定要做的事情。对于我来说，它犹如自己缺衣少食的童年时期过春节时对新衣服、美食的企盼，记得当时每每过年前，自己都要问母亲：今年有没有新衣裳穿？有没有猪肉吃？现在，穿新衣服已经不再是过年的象征，美味佳肴也已经不再是春节的专属。实实在在地说，到了自己这种年龄，节日早已不再有任何希求。但是，自己对一品红却情有独钟，而且初衷不改，绵绵不断。圣诞节前的一品红是自己过节的唯一牵挂。

不记得自己是什么时候喜欢上一品红的，只记得自己曾经从报纸上看到过它的介绍，并说它的红叶是病毒感染后的变异。自己当时还在笔记本上摘录了该文章，推算时间应该是在武汉读大学或在长沙读军校期间，距现在已经20多年了，写本博文时自己翻箱倒柜也没有找到当年记录一品红的笔记本。不记得自己是什么时候开始买一品红的，估计应该始于博士毕业（1993年）后，只知道一品红是每年自己给自己的唯一圣诞礼物，买一品红是圣诞节的唯一购买冲动与欲望。自己是一个

“拈花惹草”之人，每年用于购买花草的钱远远多于衣物的花费，目前自己家里的花草已经超过100盆。自己是“每逢佳节倍思花”，一遇佳节，自己必跑花卉市场，其中岭南花卉市场是自己的最爱，因为那里的花草便宜而且品种繁多。每一个节日自己可能买一些不同的花草，但是圣诞节前的一品红是自己唯一不变的选择，而且年复一年，从未中断。

一品红是我心中的花，是我生命的红。它承载着自己太多的情感，太深的情怀。有时是爱，有时是情；有时是幻，有时是景！一品红常常将自己带进圣洁的虚无，带入虚无的圣洁！让自己分不清是梦还是真，是灵还是人。今年我几乎忘记了即将来临的圣诞节，上周路过医院检验楼时看到几盆一品红，一股暖流闪电般涌进脑海：啊，圣诞节到了，该买一品红了；心底泛起一波涟漪：久违了，我心中的花，我生命的红。每每见到您，我的耳边就仿佛回荡起圣洁的平安夜曲；每每见到您，我的身心就犹如沉浸在神圣的圣诞教堂。有您与我相伴，我浮躁的心就会平静；有您与我同行，我劳顿的身重注活力；您的鲜红渲染出节日的喜庆，您的葱绿孕育着生命的希望；我想为您吟一首赞美诗，可惜自己词不能达意；我想为您谱一曲感叹调，可恨自己字不能言情。此时此刻，想起了常子建，他是自己见过的最有才华、内心最充满激情的记者。文字在他笔下如聂卫平的棋子，横七竖八成诗，前后左右是情！真后悔自己当年读书不用功，书到用时方恨少，更可悲的是亡羊补牢、为时已晚。

2008年12月14日

为什么读书

自己小的时候，家里很穷，一家八口人，只有爸爸妈妈两个劳力，所以每年都是生产队里的头号超支户。有一年年底搞兑现，一位姓谭（后来据父亲回忆此人叫谭家雪，与外婆同村）的工作队干部带人将我家里仅剩值钱的几件东西：哥哥准备结婚用的新床、父母亲为自己百年后准备的棺材木料以及准备过年的生猪全部拉走。父母亲无奈也无助，父亲老泪纵横，母亲伤心不已。我一辈子最怕看到母亲的眼泪，最怕听到母亲的哭泣，看到母亲坐在地上号啕痛哭，我心如刀割，怒火中烧，我咬牙对母亲说：“长大了，我也要当工作队，不让别人欺负您！”事隔多年，我如今仍然清清楚楚地记得母亲说的话：“崽啊，你要是当了工作队，我做梦都会笑醒！”从那时起，我暗下决心为当工作队读好书。

上初中时我进了梅田中学。梅田，是我们公社——梅田公社的所在地，是当时我眼里的大城市，是我心目中向往的地方。在梅田，自己第一次见到了那么多“国家户口人”，看到有国家户口的城里人过着与农村人完全不同的优越生活，看到那些公社干部子女的无忧无虑，活泼大方，多才多艺，我内心充满了羡慕：国家户口真好！所以，自己的读书目的似乎跃上了一个新台阶：跳农门、成为国家户口。

高中二年级我到了我们区中学——黄沙中学读书，后来又到了县城读书。视野广了，见识多了，“野心”也大了，梦想更高了。当时国家已经恢复高考，于是，我有了更高的追求、更远的目标：考大学。记得当时有人耻笑我是痴人梦呓，说我是“癞蛤蟆想吃天鹅肉”，因为我们当地方圆几十里的地方从来就没有出过大学生。尽管如此，我还是梦想着、努力着。

大学终于考上了，在选择什么专业的问题上，我们完全不懂，我们只知道老师与医生，所以我的同学基本上是报考医学院与师范。我自记事时起，母亲经常牙痛，彻夜难眠，不知道如何医治，也没有钱医治，疼痛严重时母亲以头撞墙。我看在眼里，痛在心里，无可奈何，无能为力，只能陪母亲痛哭，陪母亲流泪。所以，医学院自然而然、顺理成章地成为我唯一的、毫不犹豫的选择。

进医学院后，曾经一度对免疫学非常感兴趣，免疫学当时是一门新兴学科，与微生物学没有分家。自己当时买了几本、看了不少免疫方面的著作，至今仍然保留的是 1982年7月30日购买于武昌民主路新华书店的《免疫应答》，该书是日本三村雄一等人编写、时常仁等翻译、人民卫生出版社出版的。但是，进入临床学习后，我发现自己对普通外科更感兴趣，从此，与普通外科结下了不解之缘。

大学毕业时，我被列入留校名单，我提出非普通外科不留，在当时这种要求显然是过分了，就这样为了外科，我失去了留校工作的机会。长沙军校军政指挥班毕业时，本来可能有很好的仕途，但是为了外科，我报考了军医大学普通外科研究生，放弃了自己的“将军梦”。博士毕业时，强生公司以十几倍于我当时工资的高薪（5000元/300元）邀请自己加盟，为了外科，我挡住了诱惑。到广州单位后，大学领导曾经有意让自己从事管理工作，由于自己要求管理与外科兼顾而未果。美国留学时，为了外科，我放弃了美国大学的就职位置。回国后，领导找我谈话让我出任某处处长，由于不愿放弃外科，我再一次与行政管理擦肩而过。

就这样，普通外科成为了自己一生的挚爱与追求！我一生外科，外科一生！尽管忙碌，但是幸福；尽管劳累，但是快乐！自己现在是“见到复杂病例就兴奋，进入手术室就激动”！有同事开玩笑说是手术室里漂亮姑娘多，所以我进入手术室会兴奋、会激动，真可谓“旁人不识余心乐，只谓偷闲学少年”。

纵观自己半辈子的学习、工作经历，可以看出：自己一直在为理想、为兴趣而奋斗，而努力。虽然不敢妄称成功，但也无愧、无悔。我认为，为祖国需要而读书是高尚的，为自己兴趣读书是快乐的，为生活所迫而读书是不幸的！为权贵功利而读书是庸俗的！论语云“古之学者为己，今之学者为人！”自己是一个例外：为理想而读书、为兴趣而追求，为爱好而努力！所以，从这个意义上说自己是幸福的，是快乐的！尽管不是高尚，但也并非庸俗。

我个人以为，今天的青年尽管物质生活充足富裕、文化生活丰富多彩，但是，在读书与职业选择方面远较我辈无奈！2007年夏天，一直声称热爱外科并为外科献身的某学生，一夜之间突然成为了专业风马牛不相及的某院长的研究生，目的是为了留校。10月中旬一位研究生请我帮他写一份转改专业就业推荐信，由目前的专业转向另一专业，目的也是为了留校。11月2日晚，某研究生告诉我，他明年想报考某院某院长的博士生，目的还是为了留校！究其原因既有社会的问题：就业困难，竞争激烈；也有学生的问题：急功近利，过于现实！一年内连续遭遇3次类似的事情，我虽然能够非常理解，但是的确仍然感到震撼。我的脑海里自然而然地产生了“为什么读书”的疑问！

现实社会的读书目的历来是林林总总，千变万化：为兴趣，为理想，为生计，为家庭，为国家。清朝末年，在“中学为体，西学为用”的思想指导下，怀着“实业救国”的抱负，一大批学童走出国门学习科学！20世纪50年代，建设新中国是当时的时代最强音，国家建设的需要成为当时青年的学习目的与选择，一大批青年走向国防、走向工厂！20世纪70年代恢复高考后，“把损失的时间夺回来”是当时的学习动力，一大批青年热情拥抱“科学的春天”。到了现在21世纪，就业压力迫使学生为生计、为就业而读书、而选择：哪里机会多去哪里，什么好就业学什么。前者为国家的需要而读书，实在可敬；后者为自己的生计而读书，实属可悲！但是，无论可敬还是可怜，二者同时说明一个现象：近代中国青年几乎没有为兴趣而读书的福气，没有自己选择的权力与机会，而是被时代拖着走，被其他的需要拖着走！相比之下，西方国家青年比我们的青年幸福，他们可以为自己的爱好而读书，可以为自己的理想而选择。但愿随着国家经济实力的进一步强大，随着人民物质生活的进一步丰富，我们的未来青年可以自主选择自己的生活方式，可以自主选择自己的学习专业，可以自主选择自己的工作场所！

那些为国家、为民族而读书者，是奉献，我敬仰！那些为兴趣、为理想而读书者，是执著，我钦佩！那些为生计、为就业而读书者，是挣扎，我同情！那些为功利、为世俗而读书者，我鄙视！

2008年11月11日

石楠之泪

2007年3月6日朋友通过“E-mail”（电子邮件）发送给我一首无名曲，在完全不经意中我下载、试听，听着听着，全身心被它融化了。我不知道，自己是谁？分不清，自己是灵还是人？只有真正的灵性之人，才能真正被美所震慑，我一个俗人为何也会被音乐而感动？我不知道自己在哪。在人间？在天堂？此曲只应天上有，我何以在人间听到？记得当时是一个雨夜，初春的夜雨将世间凡尘洗得干干净净，初春的夜雨将人脑俗念涤荡得无影无踪，我自己也觉得被雨洗了一样；记得当时夜深了、人静了，窗外春雨润物无声，房内音乐空谷足音。我静静地、舒展地坐在书房的沙发上，在柔美的台灯旁，在宁静恬然的音乐中细细品味其中的真谛，闭目冥思遐想，忘却烦嚣，忘却自我，一遍一遍地听着，品着，品着，听着……曲调悠扬的音乐将我带入一种神秘境界：天地宇宙，万物一体；世间本无物，何处惹尘埃！

2007年6月28日朋友再“E-mail”告诉我曲名叫《石楠之泪》，2008年4月12日下午我去医院特诊外科病房看病人，无意间听到那首找了很久的“touch my heart”的乐曲，当时真有“众里寻他千百度，蓦然回首，那人却在灯火阑珊处”的感觉，我立刻问值班护士乐出何处？她带我来到护理站的CD播放机前，找到那首叫《石林之泪》的曲子，是《森林狂想曲》专辑的一首。护士长得知我喜欢，一周后买了给我。写该博文时我在百度上搜索才知道，该曲出自爱尔兰享誉世界的音乐家菲尔·柯尔特（Phil Coulter）之手，正确的名称为《石楠之泪》，英文名是*Tears on the Heather*，而不是*Tears of the Heather*。

菲尔·柯尔特是最为优秀的爱尔兰钢琴演奏家、编曲家。

《石楠之泪》是一首移民的悲歌，描写了一个心碎的母亲站在爱尔兰西部的海岸上穿过大西洋遥望美国，思念她将再不会见到的女儿和儿子。森林，鸟鸣，大海，鸥唱,海面浩渺，心怀旷远！不同乐器或交替或融合，散发出一股神秘的力量。听着空灵的排笛，伴着拨奏的竖琴，我仿佛飘荡在无边的草原，宁静、无忧、怀古；我仿佛飘荡在浩瀚的海面，飘渺、旷远、悠长。天地之间气息伸展到地平线的边缘；音乐深入骨髓，音乐融进血液。抒发出一曲舒缓怡人的旋律，融合出一种宁静祥和的音韵。千年文明的回音，渺茫未来的怀想。

总觉得这《石楠之泪》是一个很奇怪的名字，到现在我也无法理解它的意思。如果先看到这个曲名，我想我是不会有找来一聆精妙的想法的。可是，在我还不知曲名的时候，听到电脑里流淌出的音符，立刻就被那影影绰绰、缥缈空灵的旋律给吸引住了，让我陷入到那柔和优雅并带着一丝悲凄的音符里去。结果，就连这匪夷所思的名字也无法把我拉出来了。因此，我很庆幸，没有因为它令人费解的名字而错过它。也许，这就是缘分。

人世间也是如此，并非任何一件美丽的东西都有一个美丽的名字。我们天天都可能因为一个普通的名字而错过一件美丽的东西。认识一个人，也有这样的偶然。谁说初见是最美丽的？纳兰性德一定不懂，其实只有心灵相通的瞬间，才是最美丽的时刻；如果班婕妤知道这一点，就不会让后人为其发出“等闲变却故人心，却道故人心易变”的慨叹了。其实，真正最美的时刻，是在用心去体会到对方感情的时候，犹如在不知曲名的情况下去品味《石楠之泪》。那颗纯洁而明亮的心，没有丝毫旁枝侧蔓的身影，如同这首曲子的旋律，因为它的空灵与纯净，让人感受到最纯粹的宁静祥和。

周日，我与朋友一起听着《石楠之泪》，一起谈着徐志摩，谈着《人间四月天》，谈着胡适的《追悼志摩》。徐志摩在生活、工作中的极致追求：唯美、唯爱、唯自由，尽管为俗人所不解，但是却被永远传诵。我突然想到，情爱的浪漫，生活的品味，其实就在于它那种心灵相通的圣洁高贵，就在于它那种可望而不可及的虚无缥缈；再完美的爱情，再高雅的生活，一旦被俗世困扰，都会失去它的灵气，甚至，变成心的束缚。终于懂得，应该换一种方式去生活，去追求，不要时间和空间的承载，不要现实和世俗的包裹，只要，永远保持它的圣洁与虚无，永远在心里，保留一份，它的美好。

少一点现实，多一份理想；少一点拥有，多一份追求！少一点世俗，多一份虚无！这就是《石楠之泪》给我的启示。

PS：（1）Heather，指石楠属植物，蔷薇科，主要分布在东亚、东南亚和北美，材质坚硬，纹理密致，可为伞柄、秤杆、算珠子等用，或栽培供观赏。（2）《石楠之泪》始写于2008年10月20日晚上，完成于2008年10月21日晚上。但是，为它写点什么的冲动早在第一次听到它时就有了。写完后，反复阅读，反复修改近20遍，以前写任何一篇文章从未有过如此耐心。天籁之音《石楠之泪》一直伴随着我！

2008年10月21日

■后记

本博文被《中山大学报》2008-11-20第三版转载。